中国专业作家小说典藏文库

中国专业作家小说典藏文库

吴玄卷

裸夏

吴 玄 ◎ 著

中国文史出版社

目录

生意

1

西地

43

虚构

99

裸夏

135

生意

一

做点生意吧。

不知从什么时候起，这句话成了方丈的口头禅。方丈遇见熟人，就说，做点生意吧。那表情像是玩笑，又像当真。人们以为他在嘲笑做生意，自古以来，做生意就是遭他这类人嘲笑的。人们反而觉着方丈有个性。

这回，方丈真的想做生意，但他无从着手。他坐在院子的桂树下苦思冥想，整整一日一夜，就像当年释迦牟尼坐在菩提树下。惹得芸以为他神经失常，取笑道，你再不回来睡觉，明天我送你上斜桥。斜桥是精神病院的代名词。方丈神情严肃，无心笑谑，到第二日清晨，忽然从桂树下一跃而起，冲进房间摇醒正睡着的老婆，大声说，做生意——赚钱——买房子。说完，头一歪，就睡着了。

昨天，芸从食堂回来说，方丈楼要拆了。

方丈楼，要拆了？

拆了盖学生宿舍。

不是说文物古迹，怎么说拆就拆？

听说市长签字的。

什么时候拆？

总是暑假吧。

方丈感到情况不妙，没地方住，真不是好玩的。他在文联从事灵魂工作，是人类灵魂的工程师，房子他是没有办法的，还是托老婆的福，才住上方丈楼，才当上方丈。方丈说，真倒霉。

芸不知是迟钝还是聪慧，并不把房子放在心上，照例平淡地说，拆就拆吧。

方丈楼原先住着许多青年教师，男男女女的很热闹，后来男女们纷纷成家搬走了，新来的因为方丈楼被列入危房，都不愿住，就剩了方丈一家。不知哪里迁来一群一群的老鼠，做他的新邻居。老鼠真不是好邻居，就像现在的孟男浪女，专过夜生活，每到夜半就在楼上楼下嚓嚓嚓地劲舞，吱吱吱地狂歌，搅得方丈经常失眠。失眠的方丈想：这房子确实不能住人，得有新房子，要新房子得有钱，要有钱得做生意，要做生意得先有钱，既然已经有钱，还做什么生意？不做吧。

方丈确实姓方，但他原名方简。开始，方简有得方丈楼住，很有些自得，好像历史上的大文人都与寺庙有着不解之缘，他方简有方丈楼住，证明他也可能继承传统成为大文人。从美学上看，这种房子当然比钢筋混凝土的新房子富有底蕴。

同人们都说方简住的地方有意思，甚至有些羡慕。方丈楼为方简平添了一种神秘感，同人们索性叫他方丈，久而久之，他就成了方丈。多年来，方丈就在方丈楼里看书写字下棋睡懒觉，很有点快要失传的古代名士风度。

方丈一觉醒来，见芸立院子里看天，齐肩的长发扬在后面，那样子沉静，若有所思，一点儿也不像个少妇。方丈说，芸，你看什么？

芸回头说，醒了？等你吃晚饭呀。

吃晚饭了？方丈伸头去找太阳，太阳停在西边大雄宝殿的屋檐上。我还以为刚出太阳呢。下楼来见桌上摆了两瓶啤酒，又有虾、蜻子、螃蟹等下酒菜，说，有客人？

芸说，我看你在树下想得苦，慰劳慰劳你。

方丈说，不对，应该是庆贺，我要下海啦，得庆贺庆贺。想了想，又说，下海这个词很美，把经商叫作下海，真妙不可言，就赶这个名字，也得下海下海。

因为有老婆的慰劳，下海也就不再悲壮，而是很快活的事了。方丈酒量不高，一瓶啤酒便有些飘飘然，仿佛他早已在海里，钱就像海水似的，等他大把大把地去捞。方丈说，你也不要烤大饼了。

芸说，只要你不觉面子上过不去，我倒无所谓。

方丈说，这种活玩儿几天可以，怎么能真干。我要让你当贵夫人，住好、吃好、穿好、玩好。

芸说，你这么想，我就挺满意了。

芸受过良好的高等教育，在学校里教生物，去年，高考生物给砍了，生物组的人看门的看门，打杂的打杂，境况窘迫。芸被安排到食堂，校长说，你学生物，懂营养学，专业对口的。方丈说，岂有此理，调走吧。硬着头皮提了礼物四处求人，礼物都收了，方丈满心欢喜等了几个月，不见下文。芸说，烤大饼就烤大饼吧。就烤大饼。学生也觉得生物老师懂营养学，烤的大饼营养肯定特别丰富，芸烤的大饼就格外畅销。食堂是承包的，工资反而比教书高了许多。芸说，我也算下海了。

夜里，方丈将手稿整理一番，偶尔也翻进去看几眼，似乎已经陌生，不知道以前在这些纸上干了什么，可也不忍弃掉，郑重其事地装入一个箱子，贴上封条，塞进床铺底下。芸见他煞有介事的样子，笑道，真要下海了？

方丈说，当然。

你会做什么生意，还是老实给我写东西吧。

你以为生意那么高深莫测，等我做给你看。

不用看我也知道你不会做，算了吧，何必去干自己不会干的事，房子会有办法的。

你有什么办法？我有什么办法？

你以为下海就是办法？

那当然，以后我们穷得只剩下钱。

二

　　芸在方丈楼住了许多年，现在方丈楼要拆，对芸来说，首要的是情感问题。方丈楼是很破了，破得似乎只要用手轻轻一弹，就会哗啦啦一声倒下，但方丈楼前有桂树，后有竹林，再被大雄宝殿一挡，把社会厚重地挡在外面，就有了林下的趣味，这是别处所没有的，芸感觉是一种奢侈的享受。芸通过方丈楼显示了她的性格。人们说起芸，总是说方丈楼的那个女孩。方丈楼成了她生命的一部分。现在要拆，这是无可奈何的事，也许不久，大雄宝殿也要拆，桂树也要因为妨碍现代建筑而被砍。总有一天，这个地方也要变得跟城市其他部分一样呆板、俗气。

　　芸说，以后我们只能回忆这个地方了。

　　方丈说，拆了也好，住这里我连名字都给取消了，究竟怎么回事？

　　芸说，可我们的生活是从这儿开始的。

　　多年前的一个午后，芸夹了课本去上课，那时，方丈靠在桂树下，等她三节课上完回来，依然靠在树下，芸吃过晚饭发觉这家伙还在老地方，并且保持一个姿势，眼是闭着的，脸清秀而苍白，很颓丧的样子。芸觉着这个人有些特别，就来了兴致，故意将皮鞋来回踩响。方丈果然被声音吸引，睁眼看她。芸笑道，你这人真有闲心，一睡就是半天。

方丈看看她背后灰暗的老房子，疑惑道，这儿怎么还有人？

芸说，我就住在里面。

方丈说，这种老房子住你这样年轻的女孩，不是老尼姑？

芸说，这是学校的教师宿舍，其实挺好的。

方丈发觉芸与他说话很自然，就像老朋友，眉眼间有一种文化人的气质，很耐看，是属于有吸引力的那类。就想继续下去。说，口干得很，能不能贡献点儿开水喝？

楼上有。

房间板壁都裱了白纸，地板上铺着大理石质地的塑料地毯，一张桌子一张床几把椅子，很素净的一间闺房，与在外面看的感觉完全两样。透过窗户，千年桂树立在檐外，风吹动叶子，满室生香。

方丈说，原来这么舒服，确实应该住这种地方，人文气息浓，不像外头的水泥房子，简直法西斯。

芸说，还行吧？

行，我得认识你，以后可以经常来。

不是已经认识了？

是，是。

你这人挺特别的，一靠就是半天，连姿势也不换一下。

别笑话了，有伤心事。

可以说吗？

让女朋友扔了，很痛苦，靠着就懒得动。

8

原来这样。芸端了开水送给方丈，又说，听说失恋特别口干，请多喝开水。

末了，都笑。

芸说，肚子饿吧？吃点儿饼干。

方丈说，懒得吃。

芸说，你这人根本不是失恋，而是懒。

现在想起来，方丈觉得也怪，初次见面，怎么就把隐私告诉芸。这几乎成了败笔，弄得后来芸有意无意地不断要追问杏的故事。

芸说，杏真现代派，把爱情和婚姻分得那么清楚，我想她心里肯定还有你。

方丈说，别说了吧，再说也没意思。

芸说，随便说说吧，反正我也不介意，不是她，你那天也不会来这儿，我也不会遇上你。这都是缘分。

至今，方丈也不明白那天他是怎样走进这儿的。大约就是鬼使神差吧，他在毫无准备的情况下看见了大雄宝殿，早已废弃的，很荒凉，台阶边长满了一人多高的蓬蒿，倒比那些香火旺盛的寺庙来得有意境。怎么有这样一个荒园？方丈就立那里不动。阳光寂寞地落在荒草萋萋的空地上。那气氛渲染得方丈想流泪。这时，他闻到了空气里有一种暗香浮动，飘飘忽忽的逗人心思，探头去寻，荒园里并没有开花的树木。绕过大雄宝殿，蓦然又一个院子出现在眼前，一棵如盖的桂树立在中央，占了大半个院子，香就是桂树发出来的。方丈仰头看桂叶间点点金黄，浓香蒙蒙细雨似的笼罩下来。这静谧馥郁的氛围终于使他平静下来，暂时把杏给忘了。树下有一个护墩，水泥砌的，方丈坐到上面，紧靠桂树，感到了一种解脱。

从芸的房间出来，已经晚了，方丈回头发觉芸倚着窗口送他。芸说，走好啊。芸脸上的笑容亲切动人，她的头上是一轮深沉的明月，月光下一座老房子一个女孩子和一棵桂树，那情景深深地嵌入方丈的脑海之中，美好得使人感到虚幻。

偏偏这种事就发生在杏宣布和李明结婚的时候。

三

此后的几日，方丈四处挂电话、找人，说，做点生意吧，真的做点生意吧。人家看他满脸真诚不像从前，就替他出谋划策，但最终还是不知道该做什么。这夜，方丈忽然灵感发作，想，对了，做生意也像写小说，要先找准题材，得上街看看。早晨，天空压在大雄宝殿的屋脊上，阴沉得出水。方丈探了探头，情绪就有些低落。芸天还漆黑就上食堂烤大饼了。方丈怎么也无法将芸和大饼联系在一起。芸的形象温文淑静，应该是弹琴吹箫的，实在不该烤大饼。但芸觉得几个小时的简单劳动，就能换得一天的安宁，也值得。芸比方丈想得开。方丈虽然想不开，可没有办法使芸不烤大饼，细想自己确实混蛋，这年头，几乎人人都是老板、经理了，就像前些年人人都是诗人、作家，得开个什么店、什么公司，让芸出任副总经理。

方丈经过食堂的时候，故意加大步子，并且低了头。今天他不愿看见芸烤大饼的样子。平时倒是没关系的，他是作家，作家都孤傲，妻子烤大饼又怎么样？你看不起就看不起好了，你要嘲笑就嘲笑吧。但是，他要做生意了，往日作家精神上的优势已荡然无存，他不过是摇篮里的生意人，什么都不行，头怎能不低？以示低人一等。

　　等脚踩上街道，确切地感觉到已离食堂很远，方丈才将头重新整一整，做悠闲状，东看西看。也不坐车，就那么一路走过去，样子好像小偷，看见可以称之为商品的东西都溜几眼，小店小店小店，商场商场商场，低级中级高级超级，柴米油盐酱醋茶烟酒，珠宝首饰卫生纸月经带男宝女宝孕宝安全帽。市场的商品实在太丰富了，方丈越看越丧气，似乎天底下的生意早已让人做尽，哪里还有他的份。方丈惘然地走在大街上，好像刚刚从一个很高的地方被空投到这个叫市场的世界上，有一种令人窒息的失重感。方丈愤愤不平了，骂道，妈的，狗屁个生意。骂声随即在街市上扩散，但是没人注意，反而将自己惊住，一瞬间，他从现代派回归到了批判现实主义。文，穷而后工。文，工而后穷。作家？怎么可以成为该死的作家，本来他也算个人物，怎么沦落到这个地步。优胜劣汰，这年头，不做生意就别想活，就别想房子妻子票子，就劣，就得汰。狗屁的生意，得做。方丈！方丈听见有人叫他，没等反应过来，刘直就冲到了面前，摩托轮子几乎滑入胯部。

　　方丈，好久不见了。

好久了。

还住老地方？

老地方。

还写作？

没写。

情绪不好？

不好。

告诉你一个好消息，刚才我看见你的故人了。

这是我的好消息？

那就不是好消息。杏很阔了，听说她老爷子倒卖文物，发得不行。

倒卖文物？

别那么酸溜溜，这年头只要有钱赚，什么事不能干。下海吧，你也下海吧。

海在哪里？

海，到处都是海。比如说写黄书卖钱，也不比倒卖文物差，你看街上到处都是这种东西，挺畅销的。

这玩意儿跟卖肉差不多，你先卖吧。

别说得那么难听，走，一起泡妞去。

免了吧，今天不行。

刘直以为他说下面那个东西不行，很滑稽地透视透视，嘻嘻哈哈屁股冒烟刺溜走了。方丈发觉刘直的肚子又圆了一圈，这家伙先前也天天人类本体兮兮地喊，我是谁？我从哪里来？

12

我到哪里去？现在大约知道他是谁了，他从娘肚子里来，他到火葬场里去。这个陌生的、恶俗的、沤心的、不得不进的市场，谁谁谁知道我是谁？方丈只觉得头晕目眩，骨节咯咯作响，实实在在感到又一次被生活给抛了出来，就像一堆废物从窗口给抛了出来。

杏把分手仪式很随便地选在大街上。好像刚在一间租来的破屋子里温柔了一场出来，挽着他的手轻轻松松走在街上。杏说，简，我想结婚了。

好啊。

你让我住哪儿？

住……

简，我们没地方住，我嫁给别人了。

别逗了。简说，住……

简默默地看着两边的楼房，仿佛刚刚经杏提醒才意识到原来自己是没有地方住的。

杏说，爱情是一回事，婚姻是另一回事。

嗯。

爱情罗曼蒂克，婚姻俗不可耐。

嗯。

我们做永生永世的情人，简。

嗯。

不管我做什么，你都答应？

当然。

你记住，说话算数。

当然。

我真要嫁人了，那个人叫李明，父母找的，他唯一的好处就是有钱，很有钱，再说他对我也不错。

别逗了，再说我揍你。

杏不逗了，快速地往前走，让简赶着，折入一条巷子，放缓步子，而后停下，转脸让简面对。简看见杏的脸红了。简说，你干吗呀？

杏说，简，我说真的。

真的？

真的，我们怎么结婚呀，你想过没有？

真的？简很怪异很吃惊地看她。

别这样看我，你答应的，亲我一下。

简就真的亲她一下，擦擦嘴，若无其事地掉头就走。简表现得很高傲，弄得杏反而哭了。简听见背后的杏哭了。简可以高傲得让杏哭，但方丈不能高傲得让市场哭。杏的选择或许是明智的，杏绝不可能像芸一样，心安理得地去烤大饼。方丈想通了，想通了的方丈更觉得自己一无是处。

四

忽然，街市松动得好像落潮，人群狼奔豕突起来，避到两旁的屋子底下。原来下雨了。雨在人群让出的空间里自由地落下，街上忽然单纯了许多，渐渐现出一派纷呈的色彩来——伞、单车的雨衣、汽车的颜色，规则地分了行，都徐缓地在雨中流动。方丈让雨落到头上脸上身上，不时野狗似的抖抖身子，感到了一种快意。雨是充满回忆的，浪漫的，超现实的。杏撑着一把杏黄色的花伞走在多年前的雨中，简一眼就在芸芸众生中发现了杏，杏身姿绰约地走在雨中，好像一棵草让风吹着，脸是透明的，嘴的形状仿佛跟谁怄气，这使她显得有些特别，也就是通常说的有气质。简不知她是谁，伤心地想着怎样才能接近她。南方的梅雨了无尽时，杏日日撑着杏黄色的花伞准时出现在街上，那时杏不知道简就躲在另一把伞下想她。简想，不能这样。扔了雨伞，让自己彻底显示在雨中，沉默地跟着杏走。雨把简的形象洗得很纯情。后来杏说，你淋雨的样子很动人。开始杏有点奇怪，几天之后杏明白了身边这个淋雨的男孩，是用淋雨的方式向她示爱，就被感动，将伞移过去，一起遮吧。

简说，雨真好。

你肯定是搞艺术的。

为什么？

只有搞艺术的，才这么傻。

我爱你。

你真有意思。停下步子，伞徐徐地遮下来，简就慌乱地将凉湿的嘴唇贴到杏的脸上，杏唔唔说，我还不知道你名字呢。

简说，没关系，我爱你。

现在，方丈清晰地看见前面的雨中，一对男女狂乱地忘情地亲吻，伞，不知什么时候翻到了地上，雨是温馨的，杏黄色的伞在五月的雨中缓缓飘动，充满了诱惑。方丈这样想着，就忘了自己上街的目的，好像这雨还是多年前的雨。但是，方丈的思绪被一辆小车搅乱了。他发觉车在跟踪他，车是红色的，很艳，雨在车窗上散漫地跳跃，车内正播放一支流行歌曲：某年某月的某一天，就像一张破碎的脸，……到如今年复一年，我不能停止怀念，怀念你，怀念从前……歌完了，又接着另一支，车还没有离开的意思。歌声把方丈感染得伤感兮兮的，他实在想象不出他有什么好跟踪的，也就不放心上，只管自己听音乐。这时，车门打开了，里面传来一声叫唤，简。

是杏。方丈说，是你？真见鬼。

杏说，别淋了，进来吧。

方丈迟疑一下，进去。杏见他湿漉漉的样子，大约想起了从前，就笑。方丈也笑。车子驶过几条街道，杏说，到了。从皮夹子里取出两张单百头递与司机。司机诡秘地笑笑，又开心地按一下喇叭，表示欢送。

进了院子，杏随即关紧大门，方丈见地上铺的全是大理石，甚至天花板上也嵌了大理石，又豪华又俗气，就像眼下的暴发户，正想发笑，不小心滑了一跤，在地上拖出一道很长的水印。杏说，看你像个落汤鸡，快上楼洗个澡。

方丈躺在浴缸里，精神恍惚起来，想怎么会躺在杏的浴缸里，怎么会想起杏怎么会遇上杏怎么就跟她来了，自己在街上

16

淋雨干什么，今天怎么啦。他躺在这儿一点儿也不自在，一点儿也没有情人的感觉，反而是很别扭地想起了芸，芸那么好，自己却躺在杏的浴缸里，他感到一种罪恶感袭来。突然，外面电话铃响，方丈心一提，吊到嗓子眼上，泡在温水里也起了一身鸡皮疙瘩。杏在外面说，喂……不在……我是……好……再见。说完，轻轻地敲门，说，我先把你衣服晾好。

方丈勉强穿了一条裤衩出来，心里在上发条，一阵比一阵紧。杏立在窗边，脸上一片潮红，换了一件粉红的睡衣，隐隐地透出细白的肉来，见方丈光着身子，拿了一条毛巾毯替他披上。方丈手不觉伸出去，杏顺势就倒在他怀里，说，简，雨真好，雨跟我们有缘。说着暴雨似的发作起来。方丈无法推卸地抱起杏，觉得比从前重了许多。杏就像一条发情的小母狗，在啃一块失而复得的骨头。杏的强烈使他吃惊而且慌乱，杏从前不是这样的，杏怎么了？方丈感到要被吞没，忽地一热，就完了。方丈面对正在哼哼的杏，羞得无地自容。杏安慰说，雨真好，你淋雨的样子很好看。

木了好一会儿，方丈问，刚才谁打电话？

杏说，管他是谁，讨厌鬼。

房子里没人？

有人我敢让你进来？

他对你好吗？

简，我想你。我经常梦见你在雨里面走，上前叫你、喊你，你就不见了。

17

杏脸上露着妇人的寂寞和失落，那个好像怄气的嘴楚楚动人，方丈有些感动，忘了刚才的羞辱，共同回忆着从前的好时光，以酝酿情绪，再来那个。面对女人，这个不行，是万万不行的。终于又混沌了，杏满意地说，真好。

方丈获得新生似的，满心欢喜，早把下海忘得一干二净。

五

方丈无论如何也不会想到，他今天下海的结果是与杏偷情。回家鬼鬼祟祟的，妈的，找了一天，也不知海在哪里。

芸笑说，那就陪我烤大饼好了。

方丈突然负疚起来，但又不好说，他还不习惯同时拥有两个女人，还蛮古典的，就想一个人躲出去忏悔。芸说，别走呀，告诉你一个好消息。

这年头，还有什么好消息。

我有个同事盖了新房子，要搬家。

这就是你的好消息？

傻瓜，他住的公房就空出来了。

空出来也轮不到你。

我们晚上去说说看。

晚上过了七点，芸说，走吧。方丈说，走？不要去吧。芸说，说说看，总得有个地方住，这比你下海现实。方丈也就不好意思再推。到街上，芸说空手不好意思，就花半个月的工资买了一条中华香烟。方丈说，我连牡丹都抽不起，却把中华送给人家，够意思。芸说，少啰唆。满怀信心地去敲门，出来的却是另一位同事，芸见屋里的家什东一堆，西一堆，凌乱不堪，愣了愣，问，你也搬家？

同事说，我刚搬进来，乱糟糟的，不好意思。

他已经搬走了？

他早就该搬走了，就是赖着不搬，我花了两千元钱，他才同意搬走的。

芸睁大了眼说，还要钱，你怎么想到送钱的？

不给钱，人家会搬？就这么回事。

这是公房呀。

是啊，是啊，就这么回事。听说方丈楼要拆，你搬哪里呀？

我正为房子发愁呢。

房子真是个问题。

又客套几句，芸不知把中华香烟怎么处置，拿走，不好意思，送，又没有理由，最后还是尴尬地拿走。芸自嘲道，人家都搬进去了，我怎么才知道。

方丈说，算了，就算没搬进去，我们也想不到给人家送钱。

芸说，这真不是我们活的地方。

方丈说，我们早就不该活了。

芸说，下雨了，快。

说着，雨急起来，倾盆而下，街上白茫茫一片尽是水。芸和方丈退到人家屋檐下躲着，芸靠紧方丈，让他搂着。方丈想起日间的事，感到搂着的手有点僵，欺骗的感觉在心里蚂蚁似的爬来爬去。欺骗原来这么不舒服的。好在芸毫无所知，依然幸福地偎着方丈，默默地注视街上的雨景。雨一点儿也没有停的意思，街道像一条河了，泛着波浪，枯枝败叶和多种颜色的塑料袋浮在上面，空空荡荡的了无人气。芸说，这么荒凉。

　　方丈说，是荒凉。

　　雨还不停。

　　还不停。

　　芸忽然哽咽起来，眼里汩汩地流出眼泪。方丈惊慌地问，怎么了？

　　芸捏捏鼻子，说，没什么。

　　干吗哭？

　　没什么，突然就想哭。

　　别担心，总不至于露宿街头。

　　我没想这个。

　　那你干吗哭？

　　没干吗，想哭就哭。

　　方丈试探着问，是不是我今天哪里不对了？

　　芸说，没有啊，不要瞎猜，随便哭哭不行吗？

　　方丈放下心来，柔情地说，真是个小傻瓜。

　　大雨刚过，方丈回到学校，看见夜自修的学生从教学楼乱哄哄地拥出来，都急速地朝方丈楼方向奔。方丈说，怎么啦？追上学生问，学生说，方丈楼倒塌了。说完就跑。方丈说，倒了？芸也禅定似的，半天才说，倒了？都惊得出了一身冷汗。方丈突然从现实解脱出来，高兴地说，他们准以为我们压死里边了，肯定在里面找尸体，我们躲起来，让他们好好找一回。芸生气说，这也开玩笑，你真是。说着就急急地进去。方丈只好也跟着进去。

路上，方丈不断听见飞奔过去的学生说"完了，肯定完了"就想笑，想这些学生这么想看他们的尸体，真该死一回。再进去就挤了，院子里黑压压站满了人，都表情肃穆。顶上临时挂了两个葫芦似的大灯泡，很耀眼地照着废墟，几十人姿势不一地在上面拼命搬木头。方丈听见校长说，找到了没有？找到了没有？芸赶紧踮起脚尖，又举起双手，喊道，校长，不用找，我们还活着！全场寂静，继而一片庆幸的呼声。

校长三步两步挤过来说，上天保佑，你们不在里边。

芸说，我们命大，刚好出去找房子。

方丈开玩笑说，死了也不错，至少可以解决住房问题，一个小盒子就够了。

校长说，活着好，活着好，房子总有办法的。

芸动容地说，活着就很好了。这时才觉出手里还捏着一条中华，就打开分给大家。学生平时是不许抽烟的，但晚上破例得到校长的允许，也分到一支。芸侥幸躲过一次死亡，校长不能不高兴，他让芸住危房，出了问题，上面追究起来很头疼

21

的。大家就都嘴里叼着根烟，陆续散去。

六

学校安排芸住女生宿舍的楼梯间，楼梯间原是堆放杂物的，学生把杂物搬出去，让芸住。方丈也就跟着芸进驻女生宿舍。里面就他一个男人，还有一个看门的老头子，也是男的，但七老八十的已基本不算男人。方丈觉得也别有情趣，又觉着叫女生宿舍实在不雅，便雅它一下，曰女儿国。他自己理所当然是国王了。

方丈楼的家什已被彻底毁坏，最大的财产二千多册书也被雨搅糊，方丈除了老婆，什么也没有了，但他觉得本来该死的，幸而不死，确实很好了，也就没有什么抱怨。学校拨了点救助款，文联也拨了些，让他们重新安家立业，方丈购置了一些必不可少的家具，比如床、桌子、衣柜、盆碗等，算是又有了一个寄身之处，做生意的事也就暂时淡忘，又旧病复发，在女儿国里作起小说来。

可惜这种好感觉没有保持多久，女儿国根本不像方丈想象的那么有趣。首先，看门的老头子觉得方丈侵犯了他的领地，对他很有些敌视。老头子才是女儿国真正的国王。女儿国的大铁门整日是关死的，只有早、中、晚和就寝时间，才开那么一下。老头子每到关门时间，便立在下面院子里，双手叉腰，威风凛凛地吆喝：关门啦！关门啦！声音饱满高亢，完全不像个

22

一只脚已伸进火葬场的老头子。这时总有几个女生急急地喊：等一下，等一下。但是，老头子不等，"咣啷"一声锁上铁门。女生们泪汪汪跑到铁门前，公公、公公地求告，公公手里握着钥匙，并不开门，而是大声训斥，内容也就是"这么慢、不快点儿、就一次、下次不开"之类，等训得女生眼泪挂下来，才心满意足地开门放人。方丈不是学生，老头子稍微客气一些，但没几天，也就遭到同等待遇。方丈尽量大度，不与老头子计较，但也难免火气上来，方丈不善于吵架，一开口便声明要揍他。老头子果然怕揍，立即跑到学校状告方丈，学校查明原委，给方丈也配一把钥匙了事。进出是自由了，但老头子因此更加敌视方丈，一见方丈就做愤怒状，使他极不舒服。

其次，一个男人夹在几百号女生中间，生活很不方便。芸虽然烤大饼了，但以前是老师，女生们照样当她是老师，方丈因此也是师辈，师道尊严，非礼勿视，非礼勿听，非礼勿言。即便大热天，方丈也得衣冠楚楚以免露出"非礼"来。这还好办，问题是这些女生都是十七八的姑娘家了，有些早已出落得如花似玉，怎教人勿视？你不看她，她还看你呢。长此以往，方丈感到心理压抑得慌。另外，女儿国里没有男性设施，方便得到相当远的地方去。方丈方便时间通常在夜间十点左右，这时女儿国刚好熄灯就寝，女生们还要用功一下，纷纷坐到楼梯的台阶上，就着路灯看书。方丈从坐满女生的楼梯上小心翼翼地走下去，以免碰着她们。方丈很严肃地走下去，走下去，感到后脑勺上聚集了许多目光。上厕所就成了一件很神秘的事。回来，女生们都仰了脸，惊疑地看他，觉得这个男人怎么会住在她们中间，怎么总在这个时间出去又回来？看得方丈很不好意思，但又不能叫她们别看。这事也引起了芸的猜疑，说他选在这个时间上厕所，目的是看女孩子，不怀好意。方丈为了证明没别的意思，很努力地想改变方便时间，但习惯是不容易改掉的，弄得方丈有苦难言，只想便秘。

再次，女儿国使他失去"家"的感觉，楼梯间无论如何也想象不成一个家，方丈有一种荒原感。这是最难以言传的，也是最具悲剧性的，暂且不去说它。方丈越来越怀念方丈楼的日子，住那里，穷是穷，酸是酸，但穷得酸得特别，又平静，又自由，似乎还满溢着古典的浪漫气息，很有一种文化人的感觉。现在，这个楼梯间本是堆放废物的，也只能堆放废物，方丈被堆放进来，无疑就是废物。楼梯间把他的过去彻底否定。方丈又想到了生意，说，还是做点生意吧。

芸说，你算了吧。

方丈说，不能算，生意就是上帝。

芸说，你做吧。

方丈说，我做，我做，我一定做，我就不信做不成生意。

芸只是笑而不言。芸不像方丈，只要有书看，并不在乎环境，家里的藏书毁坏之后，就日日去早已无人光顾的图书馆，简直想把整个过时的图书馆搬回楼梯间来。芸是一个幸福的书呆子，方丈感到与芸正在疏远，芸在书里渐渐地飘然而去。在这种环境里，芸像个影子，很不真实。

但真实的方丈很烦躁，像一只困兽，睁着两只沉闷的眼睛随时准备突围。楼梯间真的无法待，这不是人待的，是人的方丈就流亡街头，越发烦躁，并且迷惘，就想起杏，就去找她。杏不知从哪里听说方丈想做生意，高兴得不知什么似的，一见面就说，简，你想做生意！

　　然而方丈不愿在她面前提生意的事，故意说，做生意？做什么生意？

　　杏不懂方丈的心思，快活地道，我们合伙吧，你是文化人，做文物生意合适。

　　倒卖文物？

　　挺赚钱的，只要一次成功，至少也有几万。

　　好，你先把我倒卖了吧。我也快成文物了。

　　别开玩笑，真的一起做嘛。

　　还是让别人做吧，我不想做这个。

　　那就做点别的。

　　做什么？

　　你想什么就做什么，资金我来弄。杏觉得可以好好显示显示实力了。

　　但方丈不冷不热道，以后再说吧。

　　你还不想做生意？

　　我们不要谈生意，好吗？

　　杏不懂方丈找她只是寻找一种感觉，那感觉在性上，男人只要还有女人要，都自我感觉良好，杏可以使他找回失落的成就感。至于合伙做生意，让旧人在他面前炫耀有钱，那是无法忍受的，就是穷死，也不能与杏合伙做生意。

七

这天，女作家林澜要来箫市采风，电话早上就通知了，说下午四点左右到。文联的几个头儿，病的病，溜的溜，都不在，接待任务落到方丈一个人身上，方丈去箫台宾馆预订了房间，就认真地坐办公室里干等。林澜原来并不知名，只是前段时间报纸报道她被张艺谋邀去写长篇小说，以供他改编电影用，才一夜走红。林澜的作品方丈看过，确实蛮有才气。时间过了四点，林澜没有准时到达，方丈等得无聊，开始严肃地思考文学的处境。他想，文学自身已无法引起轰动，非得借助电影电视剧之类才能广为大众接受，还是做点生意吧。不一会儿，楼下汽车喇叭叫，赶出去看，一辆出租车停着，一个三十来岁的女子正在付钱，很慷慨地说，零钱不用找了。方丈无法断定是不是林澜，作家一般是坐不起出租车的，坐出租车的就不是作家，更不能慷慨地不要零钱，但林澜是作家明星也不一定。刚想着，林澜提着包裹上楼来了，说，你好，我是林澜。

方丈说，好，好，我正怀疑你不是林澜呢。仔细看她，长得虽不及她的作品出色，但也不俗。女作家十有八九丑得让人不敢看，有这个样子算是不错了。

林澜万万没想到方丈第一句话不是久仰，而是怀疑她不是

26

林澜，一时不知所措，晕红了脸问，为什么我不是林澜？

方丈笑道，因为你坐出租车，在我的感觉里作家是坐不起出租车的。

林澜这才赔笑道，你的感觉真有意思，实际上我们倒是经常坐出租车的。说着很客气问方丈贵姓，方丈搜了一张名片给她，林澜开心地道，怎么叫方丈，怪有意思的。

方丈说，以前住方丈楼，大家叫我方丈，就拿来当笔名了。

寒暄完毕，方丈帮她拎了包裹上宾馆，箫台宾馆离文联不远，几分钟就到。林澜见箫台宾馆四字，仰了头看，好长一会儿，还不愿进去。方丈说，这几个字写得一般。

林澜说，我不是看书法，我觉得箫台两个字，挺有诗意的。

方丈说，到底是才女，一来就抓住要害，箫台是我们箫市的象征，离这儿不远，有兴趣带你去看看，还有一个很优美的传说。

林澜说，好的，好的，顺便也讲讲优美的传说。

进了房间，林澜说先洗个澡。方丈想出去避嫌，林澜说，没关系的，你坐吧。大约有半个小时，方丈只听见浴室一片哗哗的流水声，突然，林澜在里面叫道，方丈，我裙子忘在包里了，真对不起，帮我拿一下。作家都丢三落四，方丈并不以为怪，拿了裙子，让林澜开一道门缝，小心塞进去，随即将门拉紧。方丈觉得这个林澜挺有趣的，心里不觉亲近起来。

浴后出来，林澜换了个人似的，皮肤洗得白嫩而又红润，散发着人体和化妆品混合的女人味。这使方丈越发感到可亲，没有名作家的架子。便问此行的目的。林澜说，没什么目的，随便走走看看。

方丈说，既然没要紧事，那我们开个座谈会，请你讲讲课，为箫市制造点文学气氛。

林澜说，免了吧，这年头谁听我们啰唆，我们在北京也从来不谈文学。

方丈说，那谈什么？

林澜说，谈下海。大家都在谈下海。

方丈说，原来这样的。一时找不到话说，就等林澜说，林澜也不说，大概刚洗完澡有些累，靠在被子上，不一会儿，眼微合下来，竟打起瞌睡，再一会儿，干脆睡熟了，脸上挂着甜媚的微笑。方丈想，这个林澜，真是的，竟当着我面睡起觉来，也不怕失礼，毕竟是作家，率真自然，想睡就睡。自己该不该走开？还是不走吧，人家都敢当着你面睡觉，你居然走开，不是太没有作家风度，要惹林澜笑话的。就安静地看着林澜，等她睡醒。又过了好一会儿，林澜手动了动，提起黑裙子的一角，露出一截鲜亮的大腿，手指轻轻地在大腿上搔了搔，弄得方丈心猿意马想入非非坐立不安，但人家是名作家，名气比箫市还大，方丈轻易不敢造次。好不容易等她醒来，方丈解放了似的说，吃饭吧。

林澜揉揉眼睛，含含糊糊问，刚才我睡着了？

方丈说，我想你睡着了。

林澜说，真不好意思，我有个坏习惯，只要不说话，马上睡着。

方丈说，挺有意思的。

方丈在宾馆的小餐厅里宴请林澜，席间林澜毫无拘束地为他敬酒。方丈觉得名作家又是女人敬的酒不能不喝，就互相干杯，喝得晕乎乎。出来林澜提议去散步，方丈想她对箫台感兴趣，就陪她朝箫台方向逛，顺便介绍一下箫市的风情。路上两人天南海北古今中外地神侃，话渐投机，方丈大有相见恨晚之感。很快逛到了房屋的尽头，面前堵着黑黝黝的一座山，方丈指着山上的危崖说，那里就是箫台，传说仙人王子晋，跨鹤东来，见这一带风光甚好，便降下云头，在山上垒石作台，吹箫其上，箫声清越，响彻四野。后来，这山就叫箫山，这像大石垒起的危崖就叫箫台，这城市就叫箫市。

林澜说，美极了。我们上去看看。

这时，天暗了，一轮月亮从箫市的边缘无声地爬上来，照得上山的石阶虚虚地泛白。方丈说，路不怎么好走，你行吗？林澜说，没事。又一齐看看清冷的山道，不觉互相贴近了些，并拢了肩上山。方丈感到林澜的体温一阵一阵地散发过来，潜入心里，痒痒的很快活。林澜说，你怎么不说话了？方丈说，说话……说着，不料林澜身子晃了晃，跌倒地上，方丈赶忙伸手去扶，乘着酒兴，索性手作护栏，搂她上山。方丈轻轻问，好吗？林澜说，好。方丈混混沌沌地只觉得脚底生风，飘飘地

29

就上了箫台。风声如箫，呜呜地在月光里沉缓地流动。林澜说，妙极了。方丈说，妙极了。就妙不可言地倾倒台上。

八

现在，林澜不再是令人生畏的名作家，而是地地道道的女人。凡女人都关心与她有肌肤之亲的男人。回到宾馆，林澜温柔地问这问那，方丈便把窘境如实说了。林澜总结说，应该下海。

我也想下海，就是不知道海在哪里。

你要是不介意，我可以帮个小忙。

说吧。

我在北京和几个姐们合开了一家晓庆服装有限公司，股份制的，一股一万元，分红还不错，每月大约在一千五至两千之间，你要是有意，我可以帮你弄到一股。

方丈沉吟一下，说，有这种好事？

也不算什么好事，很平常的，省作协的牧远你熟不熟？

熟的。

上个月他也参加了我们公司。

这样的，要是方便，就弄一股试试看。

很方便的，你有钱，明天汇去，当月就可以拿到分红。

方丈又沉吟一下，说，明天，我想办法弄钱给你。

方丈在文联兼出纳，临时挪用一万元不成问题，计算一

30

下，一千五，六五三十，九千，半年之内可以还清。他跟头儿关系好，挪一下没事的，方丈不禁心花怒放起来，心想，原来做生意这么简单，看来运气不错。这回林澜是专门为他而来的，她是名作家，与她那个，使他信心倍增，觉得在本质上征服了她，进而征服了文坛，名作家也不在话下了，林澜不是还想和他那个，这一段风流，或许就是未来的文坛佳话。情意绵绵地辞别林澜，方丈踌躇满志回到楼梯间，一扫连日来的晦气，觉得豪杰也有落拓的时候，这样才跌宕起伏，富有华采，人生大抵如此。芸说，你今天上哪儿了？方丈诺诺地只说陪一个省里来的老作家吃饭，对林澜聪明之极只字不提。

第二天，方丈一早去银行取了钱，齐刷刷的一百张单百头，捏手里有些分量，甚至有些可爱，让人舍不得放下。方丈突然犹疑起来，虽然林澜和他肌肤相亲真正的亲密无间了，没有什么不可信任的，但毕竟一万元钱哪，就是交给老婆也得慎重一些，万一没有钱赚，不是全歪了。便先上办公室，找出牧远的名片，给他挂电话咨询。方丈不好意思直接询问，照例闲聊几句，然后将话题转到林澜身上然后再转到她公司身上然后再问。牧远躲躲闪闪说他也投资了一些，收益不错的。方丈想问具体一些，但牧远含含糊糊的不愿露底，方丈就在心里暗笑，随便说些恭喜发财之类的套话，满意地挂了电话。这才踏踏实实将钱送给林澜，心里又生些歉疚，觉得犹疑有拂人家的好意。

林澜把钱汇走，又欢欢喜喜共同下乡采风二日，才依依惜

31

别。林澜说，我们北京见，有会，我邀请你来，这对你在文坛上混也有好处，以你的才华，也该出名了。

方丈说，出名倒在其次，我会想你的。

我也是，真不该留下一段思念，不知怎么的，一遇上你，我就觉得会有一段美好的故事。

我可不敢想，你名气大得让人头晕。

名是身外之物，情才是真，我想你。

就吻，就那个，像所有的情人离别所不可缺少的。

方丈真的很想念林澜，甚至想把箫台之夜的故事写出来，供大家欣赏，但怕老婆猜疑，有所顾忌，终于没写。

过了不久，省文联发下一则简报，说有个颇有文学修养的女骗子，冒充著名作家林澜，流窜江南一带，利用色相等手段，专骗文艺圈中人，已经有人上当。此事严重损害了林澜女士的声誉，有关部门正在查处，请各地谨防，切勿上当。

简报是女会计兼收发淑芬拿来的，兴致勃勃地说，你看，你看，真是无奇不有，作家也有人假冒，还是女的。

方丈看了一遍，又看一遍，淑芬立边上等着，显然很有兴趣议论议论。方丈一言不发站起来就走，跑到一个僻静处，只听得自己喉咙深处汩汩作响，张大嘴巴呕了几下，但没有东西呕出，方丈仰天而叹，妈妈的，妈妈的，就算潇洒嫖一回吧。

若是事先知道，那些细节确是女骗子惯有的，可是方丈毫不怀疑，他是按名作家来理解其行为的。妈妈的，装得倒也蛮像，前身大约也是写诗者流。从嫖客的角度看，这么一次，一万元也不算贵。问题是目前方丈还穷，嫖不起。一万元钱得赶紧想法还清，否则身败名裂不说，还有班房好蹲。一万元哪里去要？方丈平时缺少交际，仅认识几个穷光蛋文人，借都无处借，急得小便紧张，不知怎么的就想起了杏，像一条刚被打折狗腿的野狗，需要安慰。方丈找到一个公共电话亭，悲苦无告地给杏拨了电话。杏说，简，这几天上哪儿去了？方丈说，没上哪儿。杏说，你快来，我有话告诉你。

　　路上，方丈想，对了，杏有钱，只要说生意亏了，杏会帮他解围的。但一见到杏，方丈就把这个念头打消了，向敌人兼情人借钱，还算什么男人。当初杏就是奔钱而去的，钱在他们之间是个很忌讳的东西，怎么好说。

　　杏说，看你脸色不对，怎么啦？

　　方丈说，晦气。

　　怎么晦气？

　　也没什么，就是晦气。

　　是不是芸知道我们……了？

　　没有，你有什么好话告诉我？

　　不说算了，说了你更晦气。

　　杏神秘地笑笑。方丈焦急地道，说吧。

　　反正不是什么好事，你还是不要知道吧。

　　方丈更加焦急地道，快说，我一定要知道。

　　杏这才慢慢吞吞说，我怀孕了。

　　方丈五雷轰顶似的，结结巴巴说，怀孕……怎么会怀孕？

杏开心地说，怎么不会怀孕？你也太小看我了。

方丈愤怒地说，你开什么玩笑！

杏见方丈生气，正经地说，不是玩笑，我真的怀孕了。

方丈又结巴说，真的……怎么办？

杏无所谓地说，又不能生下来，刮呗。

方丈说，真对不起。

不要说对不起，我还真想替你生个私生子。

方丈感动地说，我陪你上医院。

那怎么行，当然得他陪我上医院。杏说了就笑。

方丈也笑。总算发觉杏不过是把怀孕作为爱情的结晶，特意说说而已，并不要他负责，又觉得杏很怪，怎么对怀孕刮胎一点儿也不在乎，倒好像他怀孕似的。方丈心里说，女人，真不懂。

九

从杏那里出来，方丈振作了许多，既然杏可以满不在乎地刮胎，他为什么不能满不在乎地受骗？方丈玩世不恭地将这两件事联在一起，并且获得一种安慰。沿街慢慢踱去，阳光白晃晃照下来，似乎有点热，转过一个街角，见前面一间小书店，无聊地踅进去。看店的是个二十几岁的女人，靠在椅子上打盹，见顾客来，礼貌地提起精神等候。方丈粗粗地浏览，觉得俗不可耐，转身想走，女人挑逗性地说，这本好看，你不要？

随即将书塞过来。方丈笑笑说，看过了。女人又说，还有更好看的，你想不想要？方丈说，拿来看看。女人说，这些书很难买到的，你要我去拿。方丈说，你先拿来看看。女人表情暧昧地进里间去拿，门开处，里面探出一个男人的脑袋来，大声说，方丈，是你？

方丈吃了一惊，看是刘直，说，刘直，你怎么在这里？

我当业余书贩，替他们进书。

看你很阔了。

瞎混。你呢？

混账透了。

下海吧。

下海？方丈马上想起要命的一万元钱，以前跟刘直也算深交，就随口问，你能不能先帮哥们儿一个忙？

刘直拍拍方丈肩膀，豪气地说，尽管说。

方丈想了想，惭愧地说，哥们儿倒霉透顶，要一万元钱急用，具体以后再说，你能不能先借一万？

是不是让女人耍了？

差不多。

哈哈，好说，好说。刘直笑着拉了方丈的手，说，进里面好好聊聊。方丈讨好地跟着进去。里间是书库，兼卧室，刘直搬了两堆书当凳子坐下，眯了小眼问，哥们儿想不想发财？

发财？谁不想。

我们一起干，怎么样？

好啊。

我说真的。

当然真的。

好，你管写，我管印刷、发行，稿费每千字暂定二百元，销量大再分成。兄弟保证不亏你。

方丈被刘直说得云里雾里，说，写书能发什么财？

当然不是写你那种书。刘直随手就从屁股底下抽出两本，说，这种。

方丈接来翻了翻，那书劈头就是那种内容，刚才女人说还有更好看的，大概就是这种了。方丈说，这种书，我哪里会写。

刘直冷笑道，这种书傻瓜都会写，别假正经，要不是哥们儿，我会告诉你？

那我先想想。

当然，干这种活也有风险，你要是不愿写也没关系，不过千万替我保密，不能告诉任何人说我干这种活。

你放心吧，先让我想想。

刘直说，好。又搛了些书，用牛皮纸包了，让方丈带回去参考。这种书，方丈以前也看的，而且还隐私似的保密，没想到刘直干的就是这种活儿，这年头对人真是随时都得刮目相看。又问借钱的事，刘直说，干脆书写完，我付钱给你就是了。方丈不好再说，闷闷地提了书回家，一进楼梯间，情绪越发低落，索性仰床上翻白眼。芸见方丈提回来好像是书，立即解开来看，一本一本翻过去，疑惑着问，你怎么买这种书回来？

方丈有气无力地说，人家送的。

谁送这种书，真是的。芸不解地说，仔细看方丈精神不对，又问，你怎么啦？

没怎么。

看你精神不振的，有事就说吧。

住这种地方，能有好情绪？

你真是的，连这点都想不开。

方丈翻着白眼盘算着要不要把受骗的事告诉芸，但琢磨再三，还是决定不说，为了掩饰不快随便拿了本书来读。这种书，看是一回事，写又是另一回事，方丈愿意掏钱买这种书来看，但从没想过写这种书赚钱。如今，刘直高价邀请他写，本来可以嘻嘻哈哈拒绝了事，可现在一万元债缠身，就不能把路堵死，关键时刻也不是不可以考虑。

几日来，方丈躲家里详细阅读了刘直提供的参考书，只觉得秽气熏人，就像长久地观赏一堆一堆的垃圾，有一种沤心的感觉。动手写这种书，实在下不了手，然而不写，还有什么门路还债？每千字二百元，五万字就是一万元，五十万字就是十万元，不但能补上女骗子留下的漏洞，还可以买一套商品房，搬出该死的楼梯间重新做人。写还是不写？这是一个问题。就像哈姆莱特著名的"生，还是死？"是个问题。好几天，方丈面壁而思，也像哈姆莱特弄得神经衰弱，并且感冒了，高烧几日不退，头大得像钟，嗡嗡振响。恍恍惚惚地，他跑到老头儿跟前撒谎说，他想把家重新安得像样些，临时急需一万元，没经他允许，擅自借用了，请多包涵。老头儿病恹恹的，比他还倒霉，含含糊糊地似乎默许了，又似乎怒气腾腾地要去告他，说钱这种大事，不经他允许，怎么好借。醒来一身冰凉，唯见芸在边上殷勤地侍候，又端开水又拿药，说，快躺下，快躺下。方丈羞愧得想说对不起，想把女骗子的事告诉她，想把杏的事告诉她，但又不说了。恍恍惚惚地，女骗子似乎回来了，跪他脚下请他饶恕，不但一万元钱原装奉还，连别处骗来的几万元也一并奉上，作为他的精神损失费。还说生活真有趣，原是想骗他的，但几日相处触动真情，竟爱上了。她本来写诗，因为愤怒，就当骗子，如今良心发现，她要回去重新当个诗人。方丈张口想说，但口干得张不开，焦灼地又醒了。

十

方丈病后，瘦了一圈，但思维却敏捷许多，就像得到启示似的，当即决定，写。为什么不写？什么文学，回她姥姥家去吧。写这种书，他还是颇有功底的。他研究过《玄女经》等秘学，略通采阴补阳，平时此等学问只可研究，不足示人，如今既然可以借此赚钱，就示一点吧。方丈很用心写了一章，拿去给刘直审稿。刘直说，这种书应该这样这样写。方丈说，你不早说，这样写，简单多了。刘直说，你聪明人，一点就通，回去再写吧。

　　方丈照刘直的意思，调整了状态，渐渐地进入角色，不免被自己的想象逼得癫狂，看见芸也饿狼一般扑上去，芸经常被搞得战战兢兢，说，你怎么了……你变坏了……你不是这样的……你在写什么东西？方丈写的东西，自己也害臊，写完一张即锁进抽屉，绝不让芸看，芸问，只说写赚钱的通俗读物，没意思的，不要看。方丈以前写作从不保密，这回怎么这样鬼，不让看，偏要看。一个房间是无密可保的，芸还是趁方丈熟睡轻而易举看见了，大惊失色推醒方丈问，你怎么写这种东西？方丈蒙蒙眬眬说，作家要进入市场，读者需要什么，我们就提供什么。

　　扯你个淡。芸严肃地摇醒丈夫，扶他坐正，说，这种东西你要看也算了，怎么能写？

　　方丈说，怎么不能写？

　　你不要没正经，不能写这种东西。

　　方丈见气氛不对，就说，别假正经，睡吧。

　　你不能写这种东西。

　　不写哪里来钱？

　　我不要钱。

　　你不懂。

　　你懂？就是不能写。

　　你不懂。

　　我绝不让你写。

别吵了，先睡吧。

方丈没想到写这种书竟然这么麻烦，先是自己跟自己过不去，闹得感冒一场，现在又是老婆阻挡，而且态度强硬得像个道学奶奶，惹得他心烦意乱，简直就没法写。几天后，刚来了点儿情绪，芸又催逼说，你还写？

方丈说，你烦不烦。

你恶不恶心？

有点。

你羞不羞耻？

有点。

你真还写？

等有钱了，就不写。

那好。芸气红了脸，温和而决绝地说，你要写，就出去，我不能容忍你在边上写这种东西。方丈想，谁要写这种东西，谁他妈愿意写这种东西。这样顶真，真是木鱼脑袋。无可奈何地看看芸，求饶说，你也这样逼我，我都走投无路了，我出去写。

不是出去写，是出去。芸一字一顿说。

出去就出去。方丈突然暴跳起来，但即刻又泄了气，草草收拾了纸笔，塞入一个公文包，伤感不已地出去。芸说，你去，你不要回来。

方丈找到刘直，说被老婆赶出来，没地方写了。刘直说没事，随即安排他去一家私人客栈写，并预付他二百元钱零用。

客栈藏在一条小巷深处，白天静得像坟墓，可夜里十点一过，一对一对的就悄悄溜进来那个，使楼上楼下充满了想象。这地方真是写这种书的绝妙所在，不用挖空心思酝酿情绪，就可直接进入角色，方丈淫思奔涌日书万字，天底下除了那勾当还是那勾当。一夜，方丈正在奋笔疾书，忽然房屋骚动起来，刚想探究就有人敲门了，开门一看是警察，顿时傻了眼。警察冷冰冰地扫视一遍房间，说，这间没有。就不理他。方丈呆呆地立门口看他们冲入对面房间搜捕，一片杂乱的响动和不许动的威吓声，随即就有一对男女从床上被赤条条拖下来，警察说，穿上衣服，快！快！那对男女互相弓着身子，抖抖索索地穿，慌得大约找不着裤口了，竟费了好些时间也穿不上。警察发现这边方丈在呆看，冲过来，训斥道，看，看什么看。就推方丈进房，"嘭"地关上房门。方丈这才清醒过来，看见桌上搁着的纸笔，赶紧抓过手里，胡乱掀了床垫塞进去，然后将屁股坐上面保护。不一会儿，门又响了，方丈惊得颤了两颤，开门看换了一个警察，心里七上八下的觉着身上发毛。警察见房里没有女的，也不理他，兴冲冲折入别的房间。方丈听见女的里有哭的、叫的、喊的，也有大胆的，在抗议观看她们肉体不道德，嘈嘈杂杂了一阵，一对一对男女统统被扣上手铐列队带走。方丈木木地站在房间里，觉得屋子里静得出奇，静得连自己似乎也消失了。无论如何也不能在这儿再写下去，方丈死而复生似的搬出手稿，清理一下，厚厚的居然已有十几万字，折算成钱已超过二万元，便又侥幸又兴奋。虽然没有写完，但随便写上几句按上作为结尾，不妨算作第一部，下回以后再说吧，也许再也不会有下回了。

方丈迫不及待等到天明，提了手稿去找刘直交货，不幸的是，刘直失踪了，从早到晚，箫市可能出现刘直的地方都寻遍了，只见大幅大幅的"扫黄"标语，触目惊心地横在街道上空，刘直连影子也没有找到一点，大家都说这几天没看见。最后总算在一家书店老板那里探到一点消息，说这几日风声正紧，刘直躲到外地避风去了。方丈很失望，乃至绝望。至少在找到刘直之前，他的价值二万元以上的手稿已一文不值，怕是白忙了吧。

天开始暗下来，方丈猛地想起芸，想起被她赶出家门的情景，糊里糊涂的不知究竟离家多久了。这段时间已无可挽回地变成一堆芸不能容忍的下流话，这堆下流话，非但没有帮他摆脱困境，反而落得个无家可归。方丈突然觉得很幽默，哈哈大笑起来，笑声响亮，大约也富有魅力，许多人都围拢来看他笑。方丈见有人看他笑，就想不笑，但笑本身还想笑，竟抑制不住，哈哈哈哈，哈哈哈哈……许多人又被笑跑，纷纷退到远处观赏，好像近了笑会咬人的。

西地

一

那年九月，父亲来信说：我决定与你母离婚，务必回家一趟。信简短而急切，如同电报。"决定""务必"之类的语言是父亲当村长时学的。我讨厌这类语言，但父亲会写"务必"，已很不错了，他只读过小学三年。

我去找领导请假，含糊其词只说家事，领导说原因不清，不得准假。我只得说："父亲要离婚。"

"父亲要离婚？你父亲多大了？"

"五十多了。"

"五十多了，还要离婚？"领导瞪大眼睛说。

"是的。我父亲是这么说的。"

领导想一想，下结论说："你父亲真是风流人物。"

"是的。"

"那你回去也没用啊。"

"是的，不过，我得回家一趟。"

我觉得父亲离婚有点荒唐可笑，他郑重其事要我务必回去一趟更是不妥，可能被哪个女人搞昏了头，他不怕我回去反对他离婚吗？若是我，我想我会先离婚，然后若无其事通知子女，生米煮成熟饭再反对也无济于事了。

　　故乡离我居住的城市有一千里之遥，我坐在车子里，无聊得要命，回想起那个名叫西地的村子。那里漫山遍野都是竹子，村口有一棵老柳杉，像一座绿塔镇着，树上栖着乌鸦和喜鹊，乌鸦报丧，喜鹊叫喜，很勾人情绪，乌鸦多数沉默，喜鹊总比乌鸦叫得多，村子似乎喜事多多。老柳杉总有千把来岁，树龄也就是村史，据说是老祖宗手植，村人很敬畏的，树下安了香炉朝拜。本来，这种村子的开创者应该是个篾匠才对，他上山伐竹，久而久之便定居于此。实际上老祖宗是个仕途失意的读书人，曾经做过大官，具体管些什么，我不大清楚，他像所有的读书人有股乡村情结，稍不高兴就想起隐居，好像他不高兴是城市惹的。他在西地过着耕读生活，大约希望后代们也过耕读生活的，遗憾的是，后代们退化了，严重退化了，他们只耕不读。确实，在这种村子里，读书是奢侈的，也是无用的。老祖宗之后，西地再也没有像样的读书人，只出产农夫和手工艺人，偶尔也出父亲这等浪人。

　　父亲天生不像个农夫，但生活又偏偏安排他当农夫，这就很有些悲剧性或者喜剧性。父亲缺乏农夫必备的诸如吃苦耐劳、质朴勤快等品性，他懒散，喜欢夜游，喜欢睡懒觉，这些通常是读书人才有的习性。他也像读书人有十分强烈的自我感觉。农夫，除非喜庆，是不大在乎身体哪个部位美丑的，父亲从头到脚都时刻注意，并且刻意包装。二十多年前，那时村子叫作大队，村民叫作社员，社员在家穿布鞋，劳作穿草鞋，皮鞋是可望而不可即的。父亲是村里拥有皮鞋的屈指可数的人物之一，还不时拿手里把玩，神情很自得的。社员自家不刮胡子，那是走村串户的理发匠的事。理发匠每月来村一次，随便将他们的头发剪短，顺便也刮掉胡子。父亲理发比他们讲究许多，发型是自己选择的，平头，头发上翻，这是当时非常体面的发型，他接触的公社干部也是这个样子，社员一般不敢理成这样。父亲连大队干部也不是，居然敢理这种发型，遭人嘲笑自然难免，社员们说，伯虎，你像个公社干部呢。父亲谦虚说，我们种田人，哪里会像公社干部。社员们又说，像是像，可惜有干部的相，没干部的命。父亲并不在乎挖苦，他以为像公社干部已很值得自豪，他也像公社干部自己料理胡子，隔三岔五，便端一脸盆水，对着镜子，脸部涂上肥皂，取出刮须刀小心翼翼来来回回地刮，然后对镜长时间地自我欣赏。父亲五官端正，脸型方正，确实富有观赏价值，田间劳作又给他抹上一抹古铜色，颇具质感，若是蓄起胡子，男子气更重些，可能更美些，可惜当时举国上下无蓄须之习，父亲当然不知美髯之说了，否则，他一定会精心护养胡子。

父亲左腕还套一块东风牌手表，他是全村唯一戴手表者。父亲就是这样，他足蹬皮鞋，身着中山装，左胸口袋里插一支自来水笔，脸修理得干干净净，在村子里转来转去，完全像个驻村干部。

父亲的行为，使母亲横竖看不顺眼。父亲刮胡子，母亲说，你刮什么胡子？你又不是公社干部。父亲插自来水笔，母亲说，你插什么自来水笔？你又不是公社干部。父亲穿皮鞋，母亲说，你穿什么皮鞋？你又不是公社干部。母亲看不顺眼的原因是穷，当地方言叫作跌股，就是跌破了屁股的意思，暗喻穷困潦倒的狼狈状。父亲只知道睡懒觉、刮胡子、夜游，或者拉二胡、下象棋、闲聊，再则便是赌博、找女人睡觉，家里焉能不跌股？

父亲嗜赌在村里很出名，听说我两岁那年的一个雪夜，母亲抱了我闯进赌场，将我扔到赌桌上回头就走，企图迫使他回家。父亲抱上我一路追来，见追不上，放我在路旁，说："孩子放这里，给我抱回去。"母亲头也不回，说："不要，你扔掉。"父亲说："你不要，就扔掉。"说完只管自己回赌场。那夜我作为他们的赌注躺在雪地上，差点儿要了我的命。父亲好色也同样有名，他的形象颇讨女人喜欢，据说村里村外总睡过数打女人。

父亲是典型的浪人，对母亲的劝告、嘲讽、咒骂，既不反驳，也不理睬，很有特立独行我行我素的派头。母亲曾多次吵着要离婚，但都没有离成，大约也是说说而已，威吓一下。她嫁鸡随鸡，嫁狗随狗，整日陀螺似的忙里忙外，一家子全靠她一人操持，在村里有口皆碑，与父亲形成了鲜明的对照，大约这也是阴阳相生相克吧。

二

我小时可能弱智，村人都叫我呆瓜，呆瓜就是我在村里的名字。我到六岁才开口说话，在我的记忆里，六岁以前一片空白，若有，也是听说的，近乎传说。呆瓜头大身子小，像个长柄的葫芦，喜欢仰头面无表情看天，谁叫他都无反应。那样子看来不是天才便是白痴，可成人后我完全正常，像所有的庸人一样，是个庸人。不知道人们怎样对待呆瓜，大约很歧视吧，即便我开口说话了，也说得极少，寡言乃至沉默，照样谁叫都无反应。

但我毕竟会说话了，母亲也就忘了我是弱智的，把我当作一个劳力。我六岁那年，母亲买了一头牛犊回来，让我养，那牛犊一身纯黄，很是可爱。后来牛犊就成了我童年最好的伙伴，也是唯一的伙伴。我穿着开裆裤，赤着脚丫，日日带它上水草茂盛之处。我给它取名叫"老虎"，这是村人骂牛的前半句，全文是"老虎咬的"，它性子有点野，轻易不让人碰，即便苍蝇飞它身上，也使它浑身不适，甩起牛尾巴，奔跳不已。我与人难得说话，但与老虎却有说有笑，它似乎懂我的话。我说，老虎，再吃两口。它就再吃两口。我说，老虎，到前面一点。它就到前面一点。我说，老虎，你笨死呢。它就拿大牛眼瞪我。它长得飞快，到第二年春天，我可以骑它身上了。村人都说呆瓜乖，牛养得好。他们训斥孩子，就说："你还不如呆

49

瓜，你看人家牛养得这么肥。"

父亲开始打牛的主意，牛成为父母争论不休的一个话题。

"卖了。"父亲说。

"不卖，再过两年给生产队犁田，顶一个劳力呢。"

"卖，我要送呆瓜上学，他上学，谁放牛？"

"一边上学一边放牛。"

"上学还顾得上放牛？"

"人家孩子不都是一边上学一边放牛？"

"我要让他专心上学，讨饭也送他读到高中毕业。"

"读那么多书干吗？识几个字，会记记账也就够了。"

"你懂个屁，我就吃没读书的苦，要是高中毕业，还在这儿种田？不也当个公社干部。"

母亲嬉笑说："他当公社干部？将来他会不会种田吃饭，我都担心呢。"

父亲说："我看他不比别人笨，不就是少说几句话，聪明人都心里做事少说话。"

母亲争不过父亲，问我会不会读书，我说会读。父亲高兴地说："你听，你听，他说会读，我看他一定会读，他性格就像读书人。"

母亲又嬉笑说："你会算命？要是像你说的，我也放心了。呆瓜，你喜欢读书还是放牛？"

我说放牛。父亲狠狠地说："没出息的东西。"

一天早晨，我醒来照例先上牛栏，平时，它听到我的脚步声，就"哞哞，哞哞"叫上两声，算是向我问好，我若躲着不见，它便"哞哞"地乱叫一气，那是我一天快乐的开始。那天，我意外地没听见它的叫声，跑去一看，栏里竟是空的，老虎？老虎？老虎呢？"老虎不见了，呜……"母亲不知什么时候路过牛栏，见状先赏我屁股一巴掌，说："大清早跑这里哭丧干什么？"

我说："老虎，老虎，老虎不见了。"

"总是肚子饿跑出去吃草。"

"不会，它不会。"

"这也用哭？我去找。"母亲在村子里走走停停，边走边喊："谁看见我家牯牛？我家牯牛不见了。"

母亲的叫声招来了村人，都说没看见。母亲这才慌了，与我村里村外找了多遍，希望侥幸能找到老虎，在焦急中想起经常彻夜不归的父亲，骂骂咧咧道："他死哪儿去？死哪儿去了，家里牛丢了也不知回来。"

牛丢了，在村里是大事，村人也很关心，他们猜测说："说不准伯虎牵去卖了。"母亲说："嗯。"继而又摇头说，"不会的，他要卖，也不用偷偷摸摸。"村人说："说不准他打赌输钱牵去押赌账。"母亲说："要是那样，我跟他拼命。"于是大家对父亲都产生了一种期待心理，可是父亲不知哪儿去了。

傍晚时分，父亲的身影总算出现在村口，大家呼叫道："回来了！回来了！"父亲走过老柳杉，隔着一排一排的棕榈，身影不断在棕榈间闪动，看上去走得飞快，好像家里有急事等他回来解决，到离我们不远处，他突然停住，挽起袖子，右手扶着左手仔细地看，这时，大家发现了他手上的手表，不约而同呼叫道："手表，手表，伯虎手上戴手表。"大家让手表吸引，遂忘了牛，都围上去观赏手表。这稀罕物儿村人只有在进村的公社干部手上远远见过，可以这么近观还是头一遭，一时间，父亲成了兴趣中心，俨然重要人物。他对这种戏剧性效果显然相当满意、得意，不厌其烦地回答众人的提问：

"准不准？"

"准，仅差三十秒。"

"什么牌头？"

"东风牌，带夜光的。"

"还带夜光？我看看，我看看。"

"现在看不见，夜里才看见。"

"钟点怎么数的？"

"讲起来蛮复杂，以后有工夫慢慢教你。"

父亲戴手表，母亲大概觉得也蛮有面子，明知故问："什东西？这么神奇。"

"手表。"父亲说。

母亲盘问说："你哪里得来？"

"自己买的。"

"你有钱买？"

"那就借的。"

"谁借你手表。"

父亲开心地说："偷的。"

"偷？"

"打赌赢的，相信了吧。"

"打赌赢的？不稀罕，手还未戴暖，就是人家的了。"虽说不稀罕，到底缓和了情绪，母亲平静地问： "牛你牵去卖了？"

父亲一惊，挥一挥手说："你做梦？说梦话。"

"那牛怎么丢了？"

"牛又不是跳蚤，那么大东西怎么会丢？"

"找了半天，也没影迹，怕是被偷了。"

父亲随即显出紧张，急忙要去找牛，母亲确信牛是丢了，顿时号啕大哭起来，说她忍饥挨饿花三担稻谷买的牛犊养得这般大，说丢就丢，家里就它值钱，它怎么能丢？它怎么能丢？父亲大丈夫气概说："你哭丧？不就丢一头牛。"好像他家有几十头牛似的。村人也安慰说："丢一头牛，赢一只手表，也算扯平，莫哭，莫哭。"我忽然手指着父亲说："是他偷卖了我的牛，换的手表。"我的语气坚硬、冷漠，充满仇视，村人全被我的话所震惊。父亲涨红了脸，一时不知所措，待他反应过来，我脸上挨了重重一记耳光，像一节鞭炮在众人中间炸响。"你个兔崽子，我宰了你。"父亲骂道。我并不屈服，用更加坚硬、冷漠的口气说："就是你。"我看见父亲的巴掌苍鹰搏兔似的朝我猛扑过来，但立刻被众人挡住，纷纷拉扯道："小孩子言，不要当真，不要当真。"

此后多日，村人都沉浸在手表带来的新奇之中，特别是妇女们，有事没事总爱问现在几点，父亲抬起左腕，很庄严地瞟上两眼，高声说，几点几分。好奇一些的还要上前亲手摸摸，脱下戴自家手腕上试试，父亲趁机胡乱捏她们乳房几下，引得一阵"要死，要死"的欢笑来。更有迷信者，家里孩子受惊哭夜，亦别出心裁欲借手表一试，父亲虽然不舍，但事关人命，也偶尔出借，嘱咐千万小心千万小心。他们嘴里喏喏，千万小心地拿去悬挂孩子床前，孩子夜里看着手表的一圈荧光，果然不哭。这使村民愈发感到手表神秘。

　　手表确乎唤起了村人的时间意识，它不仅是计时工具，同时也明确昭示着生命存在。现在，我在回乡的车子里想起村子，它与手表何其相似，手表对于时间，不过一圈一圈循环往复；村子对于历史，不过一代一代循环往复。它们不停地重复，时间就记下了，历史就延续了，就这么简单。村子似乎也可以拿来作为计算历史人生的工具。

　　但手表也险些被没收。父亲戴手表很使大队长伯良不快，看父亲得意扬扬地向妇女们宣布现在几点几点，颇有犯上之嫌。他表情严肃说："伯虎，你这手表，打赌赢的，来路不正，应当上交。"父亲就像三九天被当头泼了一瓢冷水，嗫嚅着半天应不出声。伯良又严正地说："手表你暂时戴着，等大队研究后，再做处理。"伯良说完急急离去，好像马上就要研究。父亲愣那里惹得妇女们嗤笑说："看你爱出风头，活该。"好在母亲明察暗访，很快探出手表并非打赌赢来，而是偷卖了牯

54

牛拿钱买的。你可以想象接着而来母亲铺天盖地滔滔不绝的诅咒和谩骂，可父亲对付母亲向来很有办法，就是不予理睬。

父亲自然不关心他偷卖老虎给我带来的伤害。不久，我正式入学，一位女教师来到村子，她美丽的形象渐渐替代了老虎在我心中的位置。

三

西地在很冷僻的山坳里，下车后还得走两公里山道。下车时我毫无来由被一种孤独感攫着，那感觉来得突兀而强烈，若不是千里迢迢，我可能会回头逃走。我就坐在岔口上抽起烟来，不一会儿，一辆拖拉机轰轰烈烈地驶来，伯乐站在车斗内，我看见他就不能做孤独状了，他是我的小学老师，我招呼道："伯乐老师。"

当伯乐从车斗爬下来，我吃了一惊。他走路一跛一跛的，像船夫摇橹，身体也比先前短了许多，肩膀和背好像在同一个平面上了，他仰了脸朝我点头说："呆瓜，你回来了？"

我看着他的腿，又说："伯乐老师？"

伯乐也看看自己的腿，丧气地说："别提，去厦门开牛肉铺，让车撞的，钱没赚来，白白赔一条腿。"

"你不教书？"

"腿都瘸了，不教书还能干吗。"

我说这样的。伯乐从袋里搜出一根劣质纸烟，见我手里有烟，划根火柴独自点了，说："呆瓜，你回家是为父母的事吧？"

"是的。"

"你知道了？"

"不太知道，你说说吧。"

"其实我也不懂，说错了别怪罪。"

"随便说吧。"

伯乐想了想，慎重地说："我得先总结一句，要说你母亲，不用说是个好人。你父亲自然也是个好人，就是风流一些，这也不算什么，当皇帝的更风流呢。关键出在离婚上，依我看，这一层大可不必。为什么这样说？第一，快六十的人都闻到棺材气了，离婚让人笑话；第二，让当子女的难堪；第三，……"伯乐严肃地大口大口吸烟，大约在搜索词汇。

乡里人，识几个字的，都喜欢在他认为重要的人物面前，动用这种文体以显示水平。经他这么认真总结，我反倒觉得滑稽，游戏似的。我说："我父亲新找的女人，你见过吗？"

"当然。她也住在村里，就跟你母亲一块儿住。"

"跟我母亲一块儿住？"

"奇怪了吧。"伯乐看我一眼，突然幽默起来，"其实也没什么奇怪，以前男人娶三房四房女人，还不是都住一个屋子里。"

伯乐说的确实没错，那么我父亲就是继承民族的"优良传统"了。这些年，父亲在外面经商，大概很赚了些钱，属于先

56

富起来的那批人，就是致富带头人。重新换个女人，在这些新阔起来的人里普遍得很。这是容易理解的，富贵思淫欲嘛，连女人都不想要，还阔起来干吗。与众不同的是父亲正儿八经闹离婚，他大概刚看过"没有爱情的婚姻是不道德的"这类洋话。

村边照样还立着一排一排的棕榈。村里棕榈是很多的，它们屋前屋后随处生长，将村子覆盖，毛糙的圆杆撑着一团团大叶子，像一朵朵绿云飘浮在村子之间，这恐怕是西地最值得自豪的地方。村子变化不算大，却也触人眼目，这变化来自村子中间的两间水泥房子。村子原先一律是祖父辈以上留下的木房子，苍老而古朴，颇具文物价值。现在，山下随处可见的两间水泥房子生硬地插在中间，显得格外愚蠢而又傲慢，村子就像被强暴了似的。

我说："那两间新房子谁家的？"

伯乐说："你家的，你不知道？"

"我家的，是吗？"

"你家是第一个盖新房子的，我们村的好事都给你家包了。"伯乐很是羡慕地说。

我在新屋门前站了好些时间，而懒得进去。周围的老屋都围在厚重的石墙里面，墙上爬满了爬行类植物，隐约有人声自墙缝间漏出，墙边摇摆着几只懒散的母鸡，公鸡们昂首跟在边上，不时振翅咯咯寻欢。这景象我是很熟悉的，便认真观赏它们，几乎忘了我是因为父母闹离婚回来的。

突然，我头顶上有人说话，"楼下那个人是谁啊?"我抬头看见三楼阳台的栏杆上倚着一个女人，她正好奇地观赏着我。不一会儿，父亲的脑袋出现在她的身后，我想她就是父亲的小老婆了。父亲低声说："你回来了。"那女人很灿烂地笑了笑，立即下楼来替我开门。

开门出来，那女人又很灿烂地笑了笑，说："呆瓜，我还是头一次见你呢。"

"我也是。"接着我又不怀好意问，"我叫你什么呢?"

"当然是名字，我名字叫李小芳。"她倒是没有一点儿不好意思，好像很早我们就是一家人似的，一点儿也没有拆散我的父母而觉得有点对不起我，比如脸上露出那么一点尴尬。她倒是像我妹妹，很热烈地迎接我回家。

她应该比我还小几岁，脸儿也白净，身段也挺，衣着也是城里打扮，甚至可以说时髦，不像西地一带的女人那么土里土气，在村里实在是很跳的。她使我想起以前的女老师林红，这样一想，我对她也就不那么敌视了。

父亲迟迟不下楼来，似乎是在躲我，也许在后悔要我务必回家一趟。在他眼里，我已经是个大知识分子，他可能有些怕我。

我不见母亲，上楼问父亲："我娘呢?"

父亲表情有点僵硬，说："她在老屋整理房间。"

"她不住这儿?"

"她住这儿，但是她说要搬回老屋住。"

我说知道了，便去老屋，但又有些怕见母亲，路上就磨磨蹭蹭的。青石砌的门楼里面是天井，走过将天井砌成两半的碎石子儿路，踏上三级踏跺，是八开间正屋，住十几户人家。中间一个大厅，供红白喜事用，楼上中间也是一个大厅，供奉祖宗用。踏跺两旁挖两眼水塘，原意大约模仿富贵人家的莲池，实际上专门做垃圾塘用。正屋原来也模仿富贵人家雕梁画栋，窗棂、廊柱和榫头间刻着许多瑞草瑞兽和人物图案，比如梅花鹿、蝙蝠、牡丹、佛手、灵芝、八宝、桃园结义、岳母刺字、柳毅传书、刘海钓蛤蟆、鲤鱼跳龙门，许多经典故事，我最初就是在屋子里看到的。在我离开的这些年，它们似乎也纷纷离家出走了，窗棂、廊柱和榫头都已驳落得不成样子，随时可能倒塌下来。它现在就像我的母亲，快要被人抛弃了。

幸好母亲不是我想象的那般，是个弃妇。她还是老样子，还是那么健壮，一副吃苦耐劳状。她见了我，停下手中的活儿，脸上夕阳似的，把整个老屋都照亮了。尽管如此，我还是不敢问离婚的事。母亲却自己说了："你爸要跟我离婚了。"母亲的口气很是满不在乎，继而她又说，"我都半截入土了，离婚有什么关系。"

这样就好，若是母亲一见我就大哭起来，我真不知如何是好。我叹了口气，说："爸干吗要离婚？"

"不是他要离，离不离他才无所谓，是李小芳要他离，她要明媒正娶，不要当小老婆。仔细想想也是，要是我也不愿意，就是明媒正娶我也不愿意，这样好的一个大姑娘，嫁给

59

他，他们年龄都差三十来岁，可惜了。"

母亲就像说着别人的故事，显出惋惜的神情。接着，她就说起村里的稀奇事儿。

"伯乐又生了一个儿子。"

"伯乐不是结扎了，怎么还生儿子？"

"就是嘛。"母亲笑笑说。

四

据说伯乐出去做生意，他老婆在家里肚子大起来，村人当面只当没看见，背后说，伯乐老婆，嗨嗨，伯乐老婆。伯乐老婆也不去引产，足月就在家里生下来，像上一趟厕所一样方便。

伯乐不在家，村人反而照顾得周到些，给她送鸡送面送尿布，轮流着帮忙。这样，伯乐老婆不要男人，月子也坐得好好的。

孩子一日一日长大，伯乐老婆抱出来，别人看见，就过来抢着抱，夸孩子贵人气，左看看右看看，说："伯乐真有福气。"

伯乐老婆就说："嗜，他哪里会生。"

男人们就乐着争当孩子爸爸，伯乐老婆也乐着说："你们想死呢。"

伯乐瘸了腿回来，自觉无颜见乡亲父老，到村口躲竹林里

60

等村人入睡，才偷偷摸摸回家来，伯乐老婆已在信里得知他折了腿，哭也哭过，伤心也伤心过，所以见面也不特别难过，说："你回来了。"就去给他烧水洗身做饭。

伯乐睡觉的时候，发现床上多了一个孩子，奇怪地问："孩子谁家的，怎么躺我们床上？"

伯乐老婆说："你的。"

伯乐以为她说笑，又问："谁家的？"

伯乐老婆说："你的，就是你的。"

伯乐疑惑地看着老婆，上前捏她乳房，出奶的，确实刚生过孩子，怒道："孩子是谁的？"

伯乐老婆说："你生什么气？你不花一分力气，就得一个孩子，还不高兴？"

"孩子是谁的？"伯乐大怒道，撑起巴掌想揍老婆，举到半空看老婆并不畏惧，又停住了，先声讨说，"你叫我以后怎么做人？"

伯乐老婆说："村里谁谁谁不是这样？你也知道，不是照样做人！"

"我跟他们比？"伯乐骂道，"你这个婊子！我出去做生意，你在家里生孩子。"

"你骂我婊子！好，你老婆是婊子，那你是什么？"伯乐老婆也生气了。

伯乐喉咙里就发出一种吼吼声，吼吼吼吼吼吼吼……吼完也就完了。

这种事也是平常的，村人于性方面是相当随便的，性在村里可谓一项大众化的娱乐。入夜，村子静谧而又生动，那些娶不起老婆的光棍们和刚刚发育完全的毛头小子，鬼似的穿梭于男人外出的妇女窗下，男人不在家，妇女们闲着也乐于接待，他们往往大多如愿以偿。不少妇女还拥有固定相好，公开的和不公开的，都相安无事。许多男人对待老婆就像自留地，谁爱来播种就来吧，反正收获是自己的，生下孩子照例叫他爸爸，而不叫别人爸爸。

　　只是伯乐的老婆生下孩子来，多少有点不妥。十多年前，伯乐响应号召，将自己送去结扎，事先谁也不知道，他从县里回来宣布自己已经结扎，村人大惑不解道："伯乐，你送去阉了？"

　　"是结扎，不是阉。"

　　"你阉了干吗？现在又不要太监。"

　　"是结扎，不是阉，跟你们讲不清楚。"伯乐大声说，而且有些居高临下。

　　"那你结扎干吗？"

　　"结扎可以转正。"

　　"有这个政策？"

　　"政策是没有，事在人为嘛，现在大家都不愿意结扎，我响应号召结扎了，还会亏待你？我的事迹都上了地区报纸，县里广播也播了，还能不转个正？"

　　"那我们去结扎，是不是也能转个正。"

伯乐笑道："人家只重视赶在前头的，哪里管得了后面跟班的。"说着郑重其事拿出报纸供大家欣赏。

村人没几个识字的，说："乌压压看不懂，你念我们听听。"伯乐就神采飞扬高声地念："民办教师去结扎，只因计划生育好……"

此后，伯乐便专心等候转正，变了个人似的，除了教书，猪不杀了，牛不宰了，田也不种了。伯乐杀猪，既准又狠，一刀子进去，猪还来不及痛快嚎叫几声，就咽了气，伯乐抖抖手上的鲜血，快活得眼角抽筋，很为自己的手艺精湛而陶醉。宰牛场面则很残忍，牛牵到溪滩边，绑树根或竹竿上，伯乐抡起斧头猛砸牛头三下，牛轰然倒下，淌着眼泪喘气，伯乐立即拿尖刀划破牛肚活活剥皮，有时牛皮剥下晒溪滩上了，大牛眼还张着，淌着眼泪，伯乐照样快活得眼角抽筋，很为自己的手艺精湛而陶醉。相比之下，他教书不算出色，领读和尚念经似的，没有平仄、抑扬、顿挫，经常打嗝，咕噜一声便是停顿了，并且伴随着一股酸气，半个教室都可闻见，前排孩子就皱鼻子嚷嚷：酸，酸。伯乐听了，摔下课本，操起箬竹教鞭甩在黑板上，很响，经常吓得人尿裤子。现在想起来，伯乐集教师和屠夫于一身，挺有意味的。只是结扎以后，再没有看到他杀猪宰牛，不知结扎与当屠夫有什么冲突。村里少了这么一位技艺精湛的业余屠夫，大家都怪可惜的。

半年过去，还没给他转正的意思，伯乐不长胡子的三角脸上很多了几道皱纹，那时我父亲已是村长，他时常找上门来，

63

颓丧地道:"伯虎,再打个报告,要求一下,要求一下。"

"好,报告你自己写,我盖章。"父亲其实并不赞同他拿结扎换转正,以为聪明过头,他关心的是那东西还有没有用。

伯乐说:"有用。"

"总不一样吧。"

"就是不流那个了。"

父亲哈哈说:"不流那个,还来什么劲,女人就喜欢那点儿东西。"

父亲和伯乐曾经很要好,村人形容他们好得就像一粒米。这形容普通话里没有,很地方特色的。伯乐小父亲十来岁,当过兵,他的文化知识大部分是部队上学的,复员后,指望给他安排个公社人武干部当当,可他是农村户口,没份。回村懒得种田,就赌博、找女人。这方面父亲是他师父,他们结伴同行,在方圆百里内结交了许多同道,还不时带些不三不四的拜把兄弟回来,搅得家里鸡犬不宁。

他们也跑江湖、做生意。

当时经商被称为"资本主义尾巴",要割,只有父亲这等浪人敢为。他们偷偷摸摸跑到三千里外的东北,买得红参、鹿茸回来,走村串户贩卖,乡里人极信赖红参、鹿茸,以为头等大补之物,凡身体虚弱,必不惜血本买些这个,所以也赚得些钱,但父亲从来没钱拿回家用,早送进哪个也是违禁的赌场了。他带回来的是三日三夜也说不尽的途中见闻。

64

现在回忆，在我很小的时候，父亲无意中让我大开了眼界，应当感激才是。他的故事欲也像情欲一样旺盛，刚放下包袱，端一脸盆水到屋檐下一边擦身，一边就眉飞色舞叙述路上的冒险经历，那情景至今历历在目，父亲露着两排白牙，故事就绵绵不绝地从里面流出，流出。

父亲永远是快乐的，但伯乐不是这样，他学父亲孟浪，可能是自暴自弃，平时总是表情阴郁，双手抱膝，猫那里一动不动，很深沉的样子。只有杀猪宰牛方显出快活。

伯乐是替代女教师林红当上民办教师，才浪子回头的。

五

父亲的放荡，母亲从来也不管，也管不住，既然管不住，还是不管的好。若不是李小芳一定要离婚，她和李小芳是可以和平共处的，这样的事，母亲也不是头一次面对，事实上她和李小芳也和平共处了整整一年。

一年前，父亲志得意满地带了李小芳回来，这个女人一进门，母亲就知道怎么回事了，但她也没有反应。父亲老不知耻说："以后我们是一家人了，你不要有意见，有意见也没用，你是大的，她是小的，你照顾她些。"母亲没吭声，平淡地看了李小芳几眼。父亲又指使说："烧一锅水，我们洗澡。"母亲便下灶替他们烧洗澡水。新屋虽然模仿城里的建筑，有卫生间，有浴室，但还没来得及安装热水器，父亲很觉着对不起李

65

小芳，歉意地说，明天下山买热水器。洗了澡，父亲又让母亲铺床。父亲说："你睡二楼，我们睡三楼，床单要新的。"

随着李小芳的到来，父亲和母亲实际上已不是夫妻关系，母亲好像是父亲雇用的一个老妈子，替他们烧水、做饭、洗衣服、打扫卫生，这些活，母亲一辈子都在干，也没有特别的感觉。相比之下，不习惯的还是李小芳，刚来时，尽管在心里已有一千种准备，但和母亲面对面的时候，心里怎么也别扭。开始她对母亲是很警惕的，随时准备对付来自母亲方面的打击，但看看母亲并没有什么动静，也就心安理得了。

当村人发觉父亲带回来的李小芳是他的小老婆，自然要引起轰动。男人啧啧赞叹，末了很深刻地总结道："时代变了，现在只要有钱，男人又可以娶三房四妾了。"女人则奇怪我母亲为什么不吵不闹，容忍他把小老婆带回家。我想，母亲对父亲早已心灰意冷，他干什么都无所谓了。

这种新的生活，比较让母亲心烦的是李小芳的叫床，这个女人叫床的声音，总是把母亲从睡梦中吵醒，母亲想象不出这种事有什么值得这样大呼小叫的，她甚至觉着李小芳挺可怜的，那么要死要活地叫上半天，不累？有时还杀猪似的"啊！啊！啊！"尖叫起来，直叫得母亲心惊肉跳，再也无法安稳入睡。

这事，母亲私下里跟父亲交涉过，母亲说："你们晚上做事，求你们声音小点儿。"

父亲涎着脸说："你都听见的?"

"你们这样响，谁听不见，全村人都听见。"

"谁叫你听？你不会睡觉？"

"谁要听？我是被你们吵醒的。"

交涉虽然没结果，好在父亲和李小芳经常外出，不常住在家里，即便住在家里，这样的声音也渐渐地稀少了，父亲到底不是二十几岁的少年了。

也许就是这次交涉激怒了李小芳。父亲把这事告诉她，李小芳羞怒道："讨厌。"

父亲得意道："这样很好嘛，你不叫得这样响，我就不喜欢你了。"

"讨厌。"李小芳拉下脸说，"我不住这儿了。"

"不住这儿，住哪儿？"

"烦死了。"

"又发小孩子脾气。"父亲安慰说。

"谁发小孩子脾气。"李小芳沉默一会儿，终于说，"我要你离婚，让她搬出去。"

"听到就听到，这有什么关系？干吗要离婚？"

"不，我不要，我不想这样过下去了，你不离，我就走。"

"要离婚也好好说，干吗发脾气？"

父亲是经不起李小芳逼的，但离婚是大事，况且又这把年纪了，也不可轻易决定。最后又不能不决定，父亲有生以来第一次感到愧对母亲，干巴巴几乎是求母亲说："我们离婚，怎么样？"

没想到母亲马上同意了："离婚，好的。我也早想搬出去住了。"

父亲慎重其事的离婚大事，因为母亲的无所谓，竟变得异常简单。父亲倒是怕我反对，所以叫我回来，免得以后我不认他这个爹。这夜，父亲东拉西扯就是不敢跟我谈离婚的事，反而是李小芳勇敢，她看看我，严肃地说：

"你父母离婚，请不要怪我。"

我说："我不怪你。"

"我只是要个名分，其他都没关系。"

李小芳的"其他"大概是指财产吧。不等我回答，父亲赶紧接嘴道："对，只是个名分，其他都不变。我想你娘不要搬回老屋住，就住在这儿。"

李小芳说："我想也是。"

我想李小芳想的恐怕有点水分。母亲说："嗨，我要搬回老屋住，轻闲些。我已经服侍你一辈子了，我也该歇歇了，小芳，以后他就交给你了。"

母亲说完，眼角的皱纹动了几下，眼里竟发出光来，好像她是解脱了，突然解脱了。父亲就把目光移到我脸上，希望我表态。其实，只要母亲同意，我干吗要反对，又不是跟我离婚。再说一个男人能娶上小他一辈的女人，毕竟也不容易。

我说："好嘛，离婚好嘛，这样我就有两个娘了。"说得大家都笑起来，李小芳顺便把脸也红了。

事情算是解决了，但我心里还是有些沉重，夜里我睡不

68

着，悄悄爬上楼顶，没想到母亲也站在楼顶上。我叫了声娘，她转过脸来，我还没看清她的脸，她就用双手捂住脸，抑制不住地抽泣起来了。我扶着她，劝慰道："离了就离了，你跟爸有什么好，还是离了好。"她点点头，虽然竭尽全力，还是无法止住抽泣，全身愈发地颤动不已，那抽泣好像完全控制了身体。母亲伤心成这样，我又怎么办呢。

六

那夜，母亲回房后，我又爬上楼顶站了许久。周围是老屋的黑瓦背，月光落在上面，有淡淡的反光，黑瓦背下面偶尔传来几声孩子的夜哭，好像是无意中哭出了人生的痛苦。我漫无头绪地想着母亲、父亲、李小芳以及西地这个村子，后来我又想起了女老师林红。

林红是被那个时代送到西地来的，她的身份应该是"知识青年"，这是那个时代多数年轻人都无法逃避的命运。她进村最先遇见的人可能是我，那时我在村口碓房的水槽上放水玩，让流水哗哗驱动水轮。她立在老柳杉下，一身草绿色，黑辫子撂在胸前，脸是白色的，像月光一样透明、柔和，让人想到远方。我就忘了放水，呆呆地看她，她一定是父亲经常讲的城市女孩了。她问村子是不是就叫西地，我赶快点头说是。

她松口气，过来往下面看，下面是一挂瀑布和碓房，水槽就接在瀑口上，我站瀑口上放水玩让她吓坏了。"你怎么在这种地方玩，快上来。"她叫道。

看她慌兮兮的，我觉着好笑，不过我还是乖乖上来了。她又松口气，说："吓死人。"

"我天天在这儿玩。"

"以后不许上这儿玩。"

"这儿最好玩。"

"你这个野孩子，叫什么名字？"

我朝她笑笑，说："我知道你是谁。"

"你知道？我是谁？"

"你是女老师。"

"你怎么知道？"

"我就是知道。"村里早就传说有个女老师要来了。

"你今年几岁？"

"八岁。"

她上上下下地看我，笑道："八岁还穿开裆裤？"

"我一直穿开裆裤。"

"你知道八岁的小孩要干什么？"

"读书。"

"对，你想不想读书？"

"想。"

"好，以后就由我教你读书，好不好？"

"好。"

"说话算数，我们拉钩。"

说也有些怪，我对她有种难以言说的亲近感，好像早已熟悉，刚遇着她，就有说有笑，而且很听她话。在村里我不是这样，谁叫都无反应的。我迎接故人似的，蹦蹦跳跳领她进村，但是看见门楼光滑的石门槛，忽然兔子似的溜了，我不想让人知道我与女老师林红已经有了隐秘联系。

　　几天后，母亲让我脱下开裆裤，穿上裤子，临走塞两个红蛋在我手里，说："好好读书。"父亲也拉我过去，随手卷走我手里一只红蛋，剥了塞自家嘴里，咕哝道："好好读书。"

　　母亲说："你怎么抢他红蛋吃？"

　　"蛋吃多了黏嘴，还会读书？"父亲又指着自己的手腕许愿，"呆瓜，你若读到高中毕业，这只手表，送你。"

　　我看也懒得看那只手表，搬了凳子一声不吭就走。有趣的是，父亲真记着当初的许诺，我高中毕业，他真的脱下手表送我。我虽憎恶过它，但毕竟是父亲引以为豪的珍稀之物，也就收了，只是从来不戴，至今放抽屉里，我讨厌手表将时间切得那么细。

　　学堂也就是村口的老祠堂，敬祖宗与读书合用，祖宗坐正厅，学生坐厢房。在山里野惯的孩子，也想尝尝读书的滋味，开学这天，都带了凳子，奔着、跑着去祠堂，满满坐了一屋。女老师林红见有那么多学生，很高兴，脸在黑板前移来移去，像天上的月亮。她在黑板上写了五个字，教我们念：毛主席万岁。这个我们早就学会了，觉着读书原来这么回事，非常简单。但临到正式学汉字，圆铅笔好像活的，总不听话，怎么画也不像，不觉泄气，凳子开始悄悄地搬走，几个月后，仅剩我一人。

女老师林红逐家逐户家访。家长们说："随他吧，爱读不读，反正不靠读书吃饭。"女老师眼泪就在眼里浮动，家长们又赶紧补充说："老师，你书教得好，大家都知道，可惜孩子不是读书的命，你莫挂心上。"

女老师只剩我一个学生，又和我拉钩，说："呆瓜，你不能逃，说话算数。"我使劲点头，她勉强笑笑，脸上露出些许慰藉。像有许多学生似的，上课照旧尽力高声说话，声音在空荡荡的祠堂里跑来跑去，孤寂落寞，听了让人鼻子酸涩。作业布置后，她便坐我对面用手托着下巴长时间发愣，或去外面溪滩上坐着凝视溪水流走，待她想着叫我，就是放学了。

当然，村人对她的教学水平是很怀疑的，说这么个孩子，在家里还吃奶呢，教什么书。等到期末考试，她带我去公社小学参加统考，得了第一名，他们才肃然起敬，后悔没有强迫孩子读书。不过，由于她是城里来的，处处显得与村人不同，很长一段时间，大家对她倒蛮有兴趣，空了就怪模怪样学她说话，拿她闲谈，说她看见公鸡趴母鸡身上，脸红得像红蛋，日日洗脚，脚丫子洗得比脸还白，上厕所用纸而不用篾片，见也没见过。

本来她住大队长伯良家，公家人来都住他家。一日，伯良老婆提出她应该住我家，因为她仅教我一人，也方便。这理由大概无可辩驳，伯良就安排她住我家。父亲以极大的热情腾出一间空房，特地赶往公社买了油光纸、糨糊和玻璃，平平整整地将焦黑的老房间糊得亮而且光鲜，给窗户装上玻璃，还把自己玩的二胡挂壁上当装饰品。女老师林红过来发现布置一新的房间，感动得眼睛湿湿的，眼睫毛就像沾了露水的青草，立在眼眶边沿摇曳。

邻居跟了进来，看看又看看，开玩笑说："伯虎，房间打扮得这样新，是不是给呆瓜抬新娘？"

母亲难为情说："家里狗窝似的，就怕人家老师住不惯呢。"

"怎么可以这样说。"女老师也难为情说。

父亲嘿嘿笑着，恳切地说："林老师，你来村里教书，是呆瓜的福气，我无论如何要呆瓜跟你读书，以后就难为你了，他虽然不爱说话，我看书还是会读的。"

"我不教他还教谁？"女老师摸摸我脑门，问："呆瓜，喜欢老师住你家不？"

我说："喜欢。"

女老师俯身说："喜欢跟老师一起住不？"

母亲吃惊说："呆瓜脏兮兮的，你怎么能跟他住？"

女老师说："以后我来照看他。"

我红了脸，仰头看女老师林红，忽然产生一种奇异的感觉，觉得身子在缓慢而又快速地升高，一直升到高过林红半头，我说："我长得这么高大了。"她晕红了脸点头。我说："走吧。"拉了她手便从窗口腾空而出，张开的手臂也就是翅

73

膀，那一瞬间我就这样领着女老师林红飞了。

这样，上课也就不去祠堂，就在房间里。桌子太高，我蹲在老式太师椅上写字，她靠床上翻来覆去看自己带来的几本书，看厌了就教新课，课程进度比正规学校快了许多，没东西教时也教她自己看的书，比如一本《唐诗三百首》，她穿插着教，我虽不懂什么意思，但念着顺口，时间长了，差不多全都会背。天冷了，母亲生一炉火端来，我们就围在炉边念唐诗，那情景特别美好，炉火红红的，女老师的脸也映得红红的。课余父亲也进来烤火，天南地北给她讲自己闯荡江湖的经历，她听着听着，睁大了眼睛，惊奇地看他，父亲就有些不好意思，脸也被炉火烘得红红的。

女老师也帮着做家务，譬如提水喂猪烧火煮饭，虽然不比村人利索，但她乐意干，娱乐似的，欢喜得母亲逢人就说老师真好，天上掉下的。我的衣服也是她洗的，还监督我洗脚洗澡，将我料理得干干净净，好像我也是城里来的。她实在对我太好了，以至我忘了她是老师，敢拉她辫子缠着她讲故事，亲热得常遭父亲训斥。

以父亲的德行，平时见这等年轻的女性，肯定要动手动脚的，但女老师是他敬畏的公家人，与他差距甚大，在她面前，从来都很尊重的，也就是说说闲话，或者拉一段二胡她听。父亲的二胡不知哪里学的，这一带乡间，几乎村村都有几人会拉二胡，也算是江南丝竹之遗韵吧。父亲擅长拟声，他拉出的开门声、关门声、鸟叫声和其他动物的叫声，几可乱真，常博得

74

村人喝彩，瞎子阿炳的《二泉映月》也会拉，但拉得最好的曲子是当地一带流行很广的《小方青》。

女老师喜欢听父亲拉二胡，在那些漫长的夜晚，窗外月光是有的，女老师躺床上睡不着，就说："老吴，拉段二胡听听。"

父亲说："都睡了，还拉？"

"夜长，拉段听听吧。"

"二胡在你房间。"

女老师让我送去二胡，父亲就摸下床来，坐在黑暗里问："拉哪段？"女老师说："小方青求乞那段吧。"父亲调几下弦，音乐就从指间流出，凄凉地穿过板壁，在房间里稍作停留，然后缓慢地走进窗外站满棕榈的月光地里。女老师起身坐着，目光注视窗外，好像看着饥寒交迫的小方青步步走远。

"好，好。"拉完一段，女老师动情地说，"二胡就在这样的夜晚最好听。"目光照旧注视窗外。

有时，她声音低沉地问我："呆瓜，这样的夜晚，唐诗里怎么写？"

开始我不知道，问多了也就明白她问的是那个叫李白的人写的《静夜思》，便有板有眼摇头晃脑念：

床前明月光，
疑是地上霜。
举头望明月，
低头思故乡。

"对，对。"女老师低声说，"睡吧。"

七

这很像一场梦，就像那夜月光下面的老房子，我就是孩子梦中的一声夜哭。

父亲比先前恋家了许多，懒觉也睡得更多，生产队催他出工，就说病了。起床后自己泡点饭吃，而后无聊地踱出门楼，这时，村里男女老少上山的上山，下田的下田，闲着的几乎只有父亲一人。我虽不跟他背后，但也约略想象得出他的举动。他若有所思地看看石墙，看看棕榈，看看涌上山去的竹林，看多了越发若有所思，这时脚旁公鸡风流的咯咯声可能打断了他的思绪，低头去看，来了兴致，随即捡一根树枝，恶作剧地驱赶它们。公鸡寻欢未遂，更加蓬松了羽毛，冒着巨大风险再次接近母鸡，好在它们动作迅速，即便遭到干涉，也能在很短的空隙里完成好事。父亲看了，嘴角绽起一丝微笑，若有所悟地慢慢踱回房间，立背后看我写字读书，并且关心起我的身体，说小孩子整日关房间里闷头读书，要驼背的，就遣我出去玩耍。

我并不想出去玩耍，但也没办法。通常我去竹林里玩，松鼠似的蹿上竹竿，在上面竹枝间缠个结，屁股套进去弯下竹子，上下左右荡来荡去荡秋千。以前，我总是拖着女老师也来

76

荡秋千，她坐上面提心吊胆的，很有趣，可是她渐渐不爱玩了。我一个人玩有些寂寞，隐隐觉着女老师有些不对，她不玩秋千，在家里与父亲待着干什么呢？我有点生她的气，有一次，就溜回家来探个究竟。房间是木板的，我踮着脚尖轻轻移动，趴在房门的缝隙间往里看，父亲和女老师站里面互相抱着，嘴和嘴互相接着，父亲背朝房门，女老师眼睛是闭的，他们忘乎所以地接嘴，嘴里发出舌头转动的响声。我不知道这是干什么，只觉着心里被毛茸茸的什么东西抚着，痒痒的，麻麻的。那时我不懂接嘴也是男女相悦的一种方式，村里的男女嘻嘻哈哈抓乳房摸屁股是常见的，但这样闭着眼睛接嘴我从未见过，就静静趴着看他们接嘴，女老师手吊在父亲脖子上，渐渐松弛开来。我突然感到一阵紧张，想尿尿，就憋着劲跑出去尿尿。

那几天，我被接嘴的欲望所折磨，既然女老师喜欢接嘴，我也想试试。我选择了隔壁的燕燕，因为她看上去干净，嘴唇儿红白分明。我跑去找燕燕说：

"燕燕，我教你念书好不好？"

"好。"燕燕笑眯眯说。

"上我房间，再教你。"

燕燕跟了来，我关上房门说："我们先玩一种游戏，再念书。"

"什么游戏？"

"接嘴。"

"好。"燕燕立那里仰了脸等我接嘴。

我说:"你过来。"燕燕就过来。我说:"你伸手挂我脖子上。"燕燕就伸手挂我脖子上。我说:"你闭上眼睛。"燕燕就闭上眼睛。我说:"等接上嘴你伸舌头到我嘴里。"燕燕说好。我就双手搂她接嘴,燕燕舌尖在我嘴里转来转去,尖尖的,暖暖的,嫩嫩的,有点痒,好像一种柔软甜美的食物进了嘴里。我尝出滋味,不觉咬了一口,燕燕张眼看我一下,立即又闭上,叫:

"啊啊,呆瓜咬我舌头,痛,痛。"

我赶紧替她抹去眼泪,又擦她几下鼻子,说:"别哭,快别哭,我教你念书。"

"痛,痛,呆瓜咬我。"燕燕不理我,唱歌似的哭着回去。

这事大家只当作笑谈,女老师却相当严肃,第二日上课,她手里握一杆铅笔,指我额头说:"呆瓜,你知道你做错了什么?"

我迷茫地看她,然后低头不语,她又拿铅笔指我说:"你知道你做错了什么?"

我摇头表示不知道,女老师嘴角忍着笑意说:"你还不知道,你昨天干吗找燕燕亲嘴?"

看她这般严肃,我才知道嘴是不可亲的,那么她干吗又和父亲亲嘴呢?我正在想,女老师笑了,说:"你干吗咬她舌头?"

我说:"舌头好咬,就咬一下。"

78

"你怎么想到找人家亲嘴?"

我抬头看她,高兴地说:"我看见你和爸爸接嘴,我也想试试。"

女老师脸唰地红了,眼睛惊恐地躲开,我看着她侧着的脸、扭着的脖子和线条优美的耳朵,都红红的,很好看。我说:"老师,接嘴不对吗?"

我听见她呼吸短而急,像一只挨打的虫子在鼻孔里窜来窜去。她伸手抓着自己的辫子胆怯地说:"呆瓜,你在哪里看见?"

"在门缝里。"

"还有谁看见?"

"没有。"

"你告诉谁了?"

"没有。"

"你对谁都不能说,懂吗?"

"懂。"

"你要是说出去,老师就不能教你读书了,你想不想老师教你读书?"

"想。"

"那么我们拉钩。"

但是女老师的秘密还是被人知道了。

清明节后的一天,女老师有气无力不想上课,让我去玩。外面下着雨,雾气从竹林上面一排一排走进村子,然后慢慢散开，在棕榈间绕来绕去。我立屋檐下觉着雾气溜到了身上，湿湿的，细看却什么也没有。回房的时候，我听见房间里发出一种沉闷的呜呜声，停下细听，好像女老师在哭，开门一看，真是女老师在哭，她趴在床上蒙着被子，露一双脚在外面，被子随着她的哭泣而微微抖动。"老师，老师。"我低低叫了两声。她没有应。我不敢再叫，被子下面的哭泣让九岁的我不知所措，我不声不响退出房间，跑到楼下去找母亲。幸好下雨天母亲没有上山，正与邻居闲扯栏里的猪崽。我拉母亲回来偷偷说老师在房间里哭。

"她伤心呢。"

进了房间，母亲掀去女老师蒙着的被子，立床前恭敬地说："老师，你莫放心里去，哭坏了我呆瓜谁教他读书。"

女老师转过身子，眼睛红红的，直直看母亲一会儿，仰脸说："我对不起你。"

母亲柔声说："老师，这种事，莫放心里去，伯虎不找你，也找别人，猫都馋，哪有男人不馋的。你有什么对不起我？你住我家，伯虎他也恋家了许多，我应当感激你才是，看你模样儿像天上掉下的，连我都喜欢呢。"

女老师看母亲情真意切，毫无伤害她的意思，一时不知如何是好，又哽咽说："我对不起你。"

母亲看看女老师，不好意思地说："老师，有件事想跟你商量，不知道你同意不同意？"

"什么事？"女老师撸一下头发，小心地问。

母亲静默一会儿，笑笑说："老师，你一个城里人来我家，待呆瓜那么好，待我也那么好，我想也是缘分。不怕难为情，我早有个想法，想跟你结拜成姐妹，就像他们男人结拜兄弟，一辈子好。只是我这样一个山里人，不配与你做姐妹，所以一直不敢说。"母亲说着蹲下去征求老师意见，女老师随即扑母亲肩上失声痛哭。母亲感动得闭了眼睛听老师哭，眼泪也慢慢溢出，掉下来。

　　母亲和林红结拜姐妹，大概是她这辈子做过的最浪漫的事了。此后，她便不再随我叫老师，而是直呼其名，她确乎像对待姐妹一样对待林红，处处关怀备至，甚至考虑到她一个人寂寞难耐，主动要求父亲亲近她一些。现在想起，简直不可思议，但这样做反而使女老师冷淡了父亲，这是不是母亲原意，我不知道。我想母亲没那么复杂，她确实喜欢老师，甚至乐意与她共享自己的男人，如此而已。

　　不久，女老师病了，时常恶心，每次母亲都俯她耳朵上问："来了没有？"

　　老师摇头，母亲又说："还没来，怕是真有了，都是那个剐千刀的。"

　　那时我不懂母亲问的"来了没有"是什么来了没有，但它显然很重要。母亲为此拧着父亲耳朵骂："都是你，要真有了，你叫她今后怎么嫁人？"

　　父亲搓着挨拧的耳朵，满不在乎说："去医院流掉，现在有这种手术。"

母亲说："流掉？你说得轻巧，人家一个黄花闺女，不让人笑死！"

父亲嬉皮笑脸说："不流掉，难道生下来？"

女老师的病，是个秘密，母亲特别嘱咐我对谁也不要说。自女老师病后，父亲见她表情就讪讪的，也不大进房问候，好像故意躲着。过了近一个月，女老师决定上县城一趟，母亲让父亲陪她去，她不同意，母亲说自己陪她去，她也不同意。

那夜，母亲杀了一只正在产蛋的母鸡熬汤，又取出父亲带回珍藏多时的鹿茸，在她看来，天底下最滋补的莫过于鸡汤熬鹿茸。她把鸡汤和鹿茸装入陶罐里，放锅里用文火熬，倾听着锅里沸水滚动陶罐的噗噗声，神情专注而又生动，感觉火候差不多了，将汤汁倒入碗里，叫我拿灯，自己双手捧着端到女老师面前。

母亲说："一点药，你喝下。"

女老师看看碗里，认出是鸡汤，说："我不喝，你自己喝吧。"

"快趁热喝下，明天走路省力些。"

"我会走路，你自己喝。"

父亲说："她要你喝，就喝吧。"

女老师只得勉强喝下。母亲满意地看她喝完，接过碗说："依我看，明天还是让他陪你去，你一个人，我真不放心。"

女老师赶紧说："不要，真不要。"

我不知道林红是否就是这个晚上决定永远离开西地。想来她要离开是必然的。即便她真的喜欢父亲，也不可能当着母亲的面，让她照顾着，心安理得地与她的男人好。她确实是决定离开了，睡觉的时候，她把我抱在怀里，悄悄问我：

"呆瓜，你喜欢老师不？"

"喜欢。"

"老师好看不？"

"好看。"

"要是老师走了，你想不？"

"我想。"

"好了。睡吧。"

我躺下就睡，一点儿不懂这是告别。待我醒来，她就永远地消失了，她就这样离开了村子。父亲因了她的离去，越发无聊了。其实，现在的李小芳何尝不是林红故事的延续，虽然她们是完全不同的两种人，但从故事的角度看，她们刚好是衔接的，或者她们是故事的两种可能性。

八

我还想说一说伯乐。我回到西地，最高兴的人似乎不是母亲，而是伯乐。伯乐当了民办教师后，便觉着自己是个知识分子了，与一般村民不是一个档次，这就有点麻烦，人，一旦觉着高人一等，高处不胜寒的境况是免不了的。伯乐就拥有了不少通常属于知识分子专利的孤独感，他大概引我为同类吧，我每次回家总是要找我谈谈。他确乎也与一般村民不同，村民一般不会想到永恒，他们活着就活着，然后入土为安。伯乐不是这样，他有很强的历史感，然后希望躺在历史里永恒。

他进入历史的办法应该说无可争议，就是修家谱。那天早上，刚吃过饭，伯乐就端着两本线装书从门楼里拐出来，他的脸色也像线装书一样苍黄，看上去很古。我知道他是找我的，赶紧迎上去说："伯乐老师，吃过了？"

"吃过了。"

"两本什么书？"

"家谱。"伯乐庄严地说。

阳光被门楼切成两块，门槛是阴的，伯乐点了一支烟，摸摸屁股坐在石门槛上，慢条斯理介绍旧的是老谱，新的是未完稿的新谱。"我们赵姓三代未做家谱了，家谱这东西，意义非常重大，关系到千秋万代。我腿虽然瘸了，但还有点用处，做人一辈子，总得给后代留下点儿东西，家谱完成我也就心满意足了。呆瓜，你这个年龄可能还没有感觉，到我的岁数就感到非常重要了，人活一辈子，临头就是家谱里一行字，人总要进入历史才有意义。"

伯乐说话的时候，苍黄的脸上升起一种历史学家的神圣感。我接过他小心递上的老谱，找一个石墩坐下翻看，扉页后面是祖宗画像，戴官帽，穿朝服，但并不威严，他在枯黄的纸上目光和蔼地注视我。他有三个老婆、十八个子女，括号里注着某某迁往某处，某某迁往某处。祖宗的繁殖能力让我惊讶，他大概在村里太没事干了，专门倒腾男女那档子事。再翻下去也都是代承谱系，谁是谁的儿子孙子重孙子，用黑线连着，一清二楚。我想起多年前村子的夜晚，觉着一清二楚的黑线令人生疑，起码也值得商榷。

伯乐又送上新谱，并且翻到我的名字下面让我看，我看见自己名下有一行记述：毕业于××获××供职于×地任××。像是个人物。我的名字前面是父亲、母亲，再前面就全是死者，我挤他们下面，说不出的别扭，好像也死了很久。我说："活人也入谱的？"

伯乐遇到知音似的，快活地说："你内行人，问到点子上了，按老谱做法，活人不入谱，但这样容易造成断代，活人入谱，是新做法。"

我得感谢伯乐，这样我就提前进入了历史，提前获得了人生意义。我又翻了翻，看见伯乐名下标着几子几女，也有记述，而且是一大段：某年至某年当兵，某年至某年任教师，某年至某年经商，某年……复任教师。好像是个重要人物。我注意到他结扎后老婆生的孩子，没有列在自己名下，显然他不接受这个事实，也没有记载某年某月响应号召送去结扎，看来他对结扎也不那么自豪了。

伯乐拿家谱给我看，是请我欣赏他的成果，有点炫耀的意思。等我欣赏完毕，他恍然大悟的样子，一拍大腿说："啊，我忘了上课。"说罢端着两本家谱一拐一拐地往村口祠堂赶去。

我想起他结扎后老婆生的孩子，想看个究竟，就上伯乐家。伯乐老婆见了我，热情地说，坐，坐。我见她身边并没有孩子，想问，又不好意思。伯乐老婆说："你爸离了？"我说："离了。"伯乐老婆莫名其妙地笑了笑，让我很不理解，我爸离婚，有什么好笑的。后来我才知道她不是笑我爸离婚。她很聪明，说："你来是想看看孩子吧。"我说："他在哪儿？"伯乐老婆叹气说："可惜你见不着了。"我说："怎么了？"伯乐老婆说："卖了，被伯乐卖到厦门那边去了。"我吃惊地说："你讲笑话。"伯乐老婆忽然伤心起来，擦了几下鼻子说："是真的，伯乐嫌孩子不是他生的，就卖了。"我说："有这种事，怎么可以卖孩子？"伯乐老婆又擦几下鼻子，答非所问说："买的那户人家很有钱，孩子在那边反比我自己养好，这样我也放心了。"伯乐老婆仔细地看着我，忽然又不伤心了，说，"呆瓜，孩子长得像你呢。"我说："是吗？"伯乐老婆看了看门外，见没有人，俯过身来压低声音悄悄问我："你都知道了吧。"我说："什么啊？"伯乐老婆说："孩子是你爸的。"我张开嘴巴，就停在空中，不知说什么好。伯乐老婆却自然得很，一点儿羞耻感也没有，反而有点自豪似的，又说，"不信，去问你爸。"

就算是真的，我觉着也不该由伯乐老婆来告诉我，她和我父亲通奸，生下孩子来，毕竟不是光荣的事。她不羞，我还得替父亲羞，惭愧地退了出来。父亲是当事人，我不便问，我去问母亲。母亲点头说："昨天，我不好意思告诉你，你爸，他什么事干不出来。"后来我才发现，这件事，除了我不知道，村里谁都知道，伯乐老婆确实也没有必要隐瞒。

伯乐听说他老婆生下来的孩子是我父亲的种，气得差点儿吐出血来。这孩子是任何人的种，他也好受些，偏偏是伯虎的。俗话说，只可吃朋友的鸡，不可欺朋友的妻。伯虎和他既然好得像一粒米，怎么可以这样！伯乐就找我父亲声讨。

"听说那小杂种，是你的？"

"你老婆是这样说，我不太清楚。"

"你不是人。"

"别这样说，你以前不是也睡过别人的老婆。"父亲嘻嘻哈哈道。

"你们还生出杂种来。"

"她都四十多了，哪知道还会生？"

"你小心，总有一天要遭报应的。"

"要有报应，我们都早死了。"父亲又嘻嘻哈哈道。

父亲在村里又是村长又有钱，在伯乐看来，无疑是个恶霸，一时也找不到办法报复他。这就使他寝食难安，尤其是看见小杂种，总使他想起伯虎和自己老婆在他床上苟且的事，就觉着血往外涌。这种事，一般村民想想也就算了，若一时想不通，也不妨找个别人的老婆苟且一回，也弄出个小杂种，这样总可以想通了。但是，我想，伯乐不是一般的村民。他无论如何也无法将别人的老婆弄出孩子来，再说他对那种事早已没了兴趣，开始可能还有兴趣的，但就像父亲说的，结扎后那个还有什么劲，也不见得是女人觉得没劲，主要是自己觉得没劲，伯乐后来干脆就阳痿了，跟太监差不多。太监总是可怕的，最终，他没有弄死孩子，只是卖掉，已算很有恻隐之心。他在厦门一带开过牛肉铺，了解那一带有这种买卖。他把孩子带到厦门卖了，觉得狠狠报复了父亲，快乐地宣布：孩子卖了九千块钱。

伯乐卖孩子是经他老婆同意的，伯乐说："把小杂种卖了。"

伯乐老婆说："不卖。"

"不卖？不卖我就弄死他。"

"你敢。"

"我不敢？你等着瞧。"

伯乐老婆怕他来真的，也就同意了。

大概是伯乐扬言过要对孩子下毒手，父亲甚至怀疑孩子不是被他卖掉，而是被他谋杀。他以村长的身份叫来伯乐审问说："你把孩子卖了？"

伯乐理直气壮说："我卖自己的孩子，你管得着？"

伯乐以为他老婆生的孩子，所有权当然归他。对此，父亲好像也没意见，气短说："好了，你卖孩子，我不管，但是有人反映，你不是卖，而是杀了孩子。"

"放屁！可以卖钱的东西，我杀了，不可惜。"

父亲可能也想不到，他的风流成果，别人可以拿去卖钱。

他还是不太放心，根据伯乐提供的地址，专门去了一趟厦门，证实孩子确实在那边好好活着，才作罢。父亲对自己的种多少还是有点关心的。

九

父亲新婚之后，其事业也达到了人生的顶点。他在城里开了一家参茸铺，批发兼零售，占领了相当的市场份额，同时他又是村里的村长，领导着几百号村民脱贫致富奔小康。是个大忙人了，在城里、村里来回流动，好像哪儿都少不了他。那时，他比以前竭力模仿的公社干部可有派头多了，经常一身名牌，比如皮尔·卡丹、金利来、堡狮龙，手里提着小提包，里面装着"大哥大"，那砖头状的"大哥大"，在当时是暴发户的标志。而且他又娶了一个小他一辈的李小芳，老夫少妻，多么风光啊。

这样风光的生活，父亲过了三年，三年后再次离婚。这次离婚，是李小芳打电话告诉我的。李小芳说："你父亲又在赌博。"我说："是的，他一直就在赌博。"李小芳说："他把钱都赌光了。"我说："都赌光了？"李小芳在电话那头突然很愤怒，说："我要跟你父亲离婚。"

我又再次回到西地，我觉得很可笑，我总是在父亲离婚的时候回到西地。但这回，父亲的变化很是出乎我的意料，父亲老了，老得好像不能再老了。他看见我，也没什么表情，靠在椅子上，半闭了眼睛，嘴巴来回蠕动着，不知在嚼什么东西。那样子很专注，大概就像我小时的模样，似乎也是弱智的，除了嘴里的那点东西，他对嘴巴以外的世界已经不感兴趣了。我说："你在吃什么?"父亲停止了咀嚼，胀了一下脖子，将嘴里的东西咽下去，说："黄豆。"当时我也不知道黄豆对他原来那么重要，也就不问了。

李小芳什么也没变，而父亲却变得这么老了，他们两个在一起，确实不像一对夫妻，父亲倒更像是她的爷爷，起码也是父亲，李小芳跟着这样的一个丈夫过日子，我也有点同情她。

她好像很需要我的理解，几乎是用恳求的口气说："我跟你父亲离婚，你怎么想?"

我说："我没意见。"

李小芳又叹一口气说："我跟你父亲结婚，是一个错误。"

"是的。"

"我除了自己的衣服，什么也不要。"

其实，父亲除了那两间不能搬动的屋子，也没什么东西了。让李小芳那么愤怒的那次赌博，发生在半年前，父亲不但输光了身上的钱，作为暴发户标志的"大哥大"及城里的参茸铺也输了，只得转手他人。

母亲对李小芳的离婚，颇有微词。母亲甚至义务替父亲当说客，劝了几次，但是李小芳不听。

母亲说："李小芳见你父亲老了，又不要他了。"

我说："嗯。"

"你父亲老得这么快，还不是她捣的。"

"嗯。"

"你父亲命也不好，这么老了还要离婚。"

母亲的意思是，李小芳是个狐狸精，吸光了父亲身上的精血，就不要他了。李小芳叫床的声音，在村里是很有名的，母亲即便搬回了老屋住，也听得见。但是，从某天开始，李小芳不叫了，不叫了的李小芳脾气就大，村人经常就听到他们的吵闹声。

李小芳说："别来了。"

父亲说："嗨，嗨嗨。"

"不能来，就别来了。"

"谁说我不能来了？"

"你是不是在外面乱来，回家就不行了。"

"要是那样，我就高兴了。"

"那怎么就没用了？"

"嗨嗨，会有用的。"

"烦死了。"

"唉……"

父亲在村里几乎成了一个笑话，大家都知道他那玩意儿不行了，那玩意儿不行，自然是很好笑的。三百多年前，冯梦龙在这一带当县令，就收集过许多这方面的笑话。

父亲是衰老了，父亲的衰老当然是从床上开始的，其实，谁的衰老又不是从床上开始的。对父亲来说，别的东西没用了也就算了，那玩意儿没用了是万万不可的。父亲开始吃鹿鞭。他做鹿茸生意，吃鹿鞭很方便，他教李小芳用老酒炖。但鹿鞭

91

也没帮上父亲什么忙，吃了老酒炖的鹿鞭，也未见它有什么威力，倒是老酒发挥了威力，把父亲醉得晕头晕脑。

那段时间，父亲吃了很多鹿鞭，每天夜里吃一次，村子里四处弥散着鹿鞭和老酒的气味。那时，他除了吃鹿鞭，对什么都不关心，生意也亏空了。而且这鹿鞭贵得很，就算父亲有点儿钱，长期也是吃不起的。李小芳就不再替父亲炖鹿鞭。

李小芳说："别吃了，这东西没用。"

父亲说："有用的，会有用的。"

"真别吃了，你把全世界的鹿鞭都吃下去，也没用的。"

"为什么？我就不信。"

"你老了，老了自然就没用了。"

父亲突然很恼火，大声说："我老了？你嫌我老了？"

李小芳被吓了一跳，也大声说："你这么大声干吗？"

父亲和李小芳吵架，就是很平常的事了。我想，我的父亲，李小芳以前确实蛮喜欢的，但是，那玩意儿不行以后，他就像变了个人，显出一副老态来，而且脾气也坏了。李小芳觉着越来越难忍了，尤其是晚上，父亲肯定一如既往，在她身体的那些敏感部位动来动去，最后又一事无成。这样的男人确实叫人生气。父亲也知道问题出在哪儿，但他没有办法。他心里应该是伤感的，他伤感地又重新发现了墙上挂着的二胡。他是否蓦然想起了女老师林红？我没有问他。不管怎样，那次他和李小芳致命的吵架，是由二胡引发的。那天，父亲取下二胡，随手拉了起来。

哆咪，哆咪。

哆咪，哆咪。

哆咪哆哆咪哆⋯⋯

这二胡久置不用，走调了，音质吵哑，带着哭腔。李小芳听了，烦躁道："别拉好不好，吵死了。"

父亲讨好地道："我拉支曲子你听，我拉得很好的。"

"我知道你拉得好，但是二胡坏了。"

"你怎么知道坏了？"

"我又不是聋子，你听它的声音就像是哭。"

"是吗？"

"就像一个老人在哭。"

父亲一听，脸就变了，他觉着李小芳是在拐弯抹角骂他，摔下二胡怒道："你嫌我老，就直说嘛。"

"我没这个意思，你神经过敏。"

李小芳可能确实是无意的，但那天，父亲气得离家出走了。三天以后才回来，那三天他在城里某个赌场度过。俗话说，情场失意，赌场得意。父亲受了老婆的气，照理应该赢钱的。但这回俗话显然没有说对，他输惨了。命运其实也是公平的，既然你连身边这么好的女人都无法受用，还让你赢钱干吗。父亲落魄地回到西地。当李小芳得知他输得这么惨，险些晕了过去。父亲老着脸说："你要骂，就骂吧。"父亲说："钱，我会赚回来的。"父亲说："你放心，我保证你不缺钱花。"父亲说："不就是输钱吗？生那么大气干吗，我求你了，

93

我给你跪下。"尽管父亲愿下跪求饶，但李小芳就是不理他。

我以为父亲半年前的那次赌博，直接导致了离婚，李小芳在电话里也是这么说的。应该说，这已经是个相当不错的离婚理由。但是，在我回来的第二日，李小芳又把这个理由否定了。李小芳虽然还没与父亲正式离婚，但她见我并不偏袒父亲，还支持她离婚，就把我当作朋友。她卸下了后娘的头衔，和我相处起来就自然多了。李小芳说：

"你是不是认为，你父亲把钱输光了，我就跟他离婚？"

我说："很多人都会这样想的。"

"其实我不是欺贫爱富的那种人，不是的，再说你父亲也不穷。"李小芳咬了一下嘴唇，说，"实际上，我是受不了他的一个臭毛病。"

"什么臭毛病？"

"也不是臭毛病，但我真的受不了，他天天一早醒来，就靠在床上嚼生黄豆。"

"他干吗嚼生黄豆？"

李小芳暧昧地笑笑，说："你去问你父亲吧。"

后来我才知道，原来是父亲不知哪里听来一则秘方，说每天清早嚼二十一颗生黄豆，嚼上九九八十一天，便可恢复性功能。城里一对老夫少妻，用此秘方后，少妻还斗不过老夫呢。父亲就在床头放了许多生黄豆，每天醒来，数二十一颗生黄豆来嚼。这数字大概是十分要紧的，不能二十颗，也不能二十二颗。父亲一边嚼一边数，一颗、两颗、三颗……生黄豆硬得很，得提起精神，咬紧牙关，父亲嘴里便发出老鼠咬板壁的沙沙声。李小芳受不了的就是这种声音，另外还要加上父亲嚼生黄豆时的形象，因为牙齿的运动，父亲满脸的皱纹就像无数的蚯蚓，在脸上扭动、滚动、爬动，那样子确乎丑陋，也许还有点恶心。李小芳开头还忍着，但父亲嚼生黄豆的声音，每天都把她吵醒，李小芳说：

"别嚼了，声音难听死啦。"

父亲说："好听，我觉着很好听。"

"要嚼，你一个人上别处嚼，别在床上嚼。"

"秘方说，一定要看着老婆嚼，才有效。"

"放屁，我真的受不了啦。"

父亲也生气了，说："你以为生黄豆好吃？我这样，还不是为了你。"

李小芳轻蔑地说："哼，你以为几颗生黄豆，救得了你。"

李小芳轻蔑的表情大概很使父亲受到伤害，父亲恼怒说："我就不信，我不但要×你，还要×你妈。"

就在这次吵架之后，李小芳终于决定与我父亲离婚。

李小芳说："我跟你父亲离婚了，跟你也就没关系了，但是，我不想一个人走，你能送送我吗？"

我说："那当然。"

李小芳就很感激地看着我，看得我都不好意思起来。我想，李小芳如果不是我父亲的老婆，她可能会趴到我肩上谢我的。

我送走李小芳后，我也走了。听说，我们走的那天晚上，父亲躲在房间里突然放声大哭。声音苍凉、恐怖，就像鬼哭，也许比鬼哭还苍凉、恐怖，他把村人全都吵醒了，把孩子吓得来不及醒来，在梦里就哭了，甚至村里养的狗，也被惊吓得跟着狂吠不已。那是我父亲有生以来唯一的一次痛哭，不过，我是听说的，也许有点夸张吧。

　　但是，李小芳的离去，对他打击确实很大。此后，父亲意气消沉，全没了往日的精神，连他的仪表也不关心了，经常胡子拉碴，头发凌乱，而且渐渐花白了，身上的名牌服装也不复有名牌的风采，衣领上还滴着油迹。

　　但他还坚持嚼生黄豆，并且成了一种习惯，只是不再靠在床上嚼，而是数二十一颗生黄豆捏手心里，一边嚼一边在村子里逛来逛去。清晨是美好的，公鸡破晓的余音还在村子里缭绕，麻雀叽叽喳喳的像聒噪的妇女，从这棵棕榈跳到那棵棕榈，然后黑瓦背上就渐次浮起了炊烟。不过，这些对父亲意义不大，他只记着手里的生黄豆。这时，他往往要遇上我母亲，母亲闻见他嘴里生黄豆的气味，便问：

　　"你吃什么?"

　　"黄豆。"

　　"黄豆不是这种气味。"

　　"生的。"

　　"干吗吃生的?"

　　"生的好吃。"

母亲以为是没人烧饭他吃，他才吃生的，说："没地方吃饭，来我家吃。"

"嗯。"

后来，母亲看他每天都这样嚼生黄豆，觉着他是有毛病，再说以前他是从来不早起的，也不这样邋遢的。母亲又有点可怜他，就在心里咒骂李小芳，弄成这样，都是那小妖精害的。

父亲再次离婚后，村人都很幸灾乐祸，说老夫少妻有悖天理，终是不长久的。幸灾乐祸之后，大家就劝我父母复婚，劝了几次，双方都同意了。这样，我家又恢复了圆满。

后　记

父亲死于一九九七年。父亲丧失性功能后，死亡就时常挂在了嘴上。别人请他拉二胡，父亲说："拉不动，手死了。"别人叫他下象棋，父亲说："不下，脑死了。"别人拉他合伙做生意，父亲说："我老了，还做什么生意，只欠一死。"只有赌博，偶尔还凑凑热闹，熬了夜回来，面色蜡黄，眼珠灰黄，连撒的尿也血黄，又是喊死连天，也不见有什么乐趣。他似乎感到了生命正在离他而去。他请人做了两副棺材，一副归他，一副留给母亲。又请人在山上造好了坟墓。父亲确乎只欠一死了。

其实也不然，父亲虽然觉着自己老了，手死了脑也死了，实际上他的心还没死，手啊脑啊不过是受到打击后的假死。当

97

父亲又听来一则秘方，说用活蜈蚣泡白酒，泡七七四十九天，然后早、晚各喝一杯，喝七七四十九天，便可金枪不倒，御女无数。父亲又马上跃跃欲试了，也不问一问泡制的具体方法、用量，就想当然自制蜈蚣酒。西地山上蜈蚣有的是，父亲以十元一条的价格收购，村人以为他做蜈蚣生意，很快上山捉得一百多条蜈蚣，父亲觉着数量够了，便如数倒入酒坛里。母亲说："你做什么啊？"父亲只是神秘地笑笑，不将秘密告诉她。四十九天后，父亲喝了自制的蜈蚣酒，当夜毒发身亡。

蜈蚣剧毒，父亲是知道的，据说他也知道用此秘方极其痛苦。开始蜈蚣毒性散发，全身毒疮迸发，既痛且痒，至四十九天后痊愈才大功告成。父亲舍身求性，愿意忍受四十九天的痛和痒，让我深为感动，毕竟这是对衰老堪称顽强的抵抗。

父亲最终死在对性的渴求上，也算死得其所。一年后，美国人制造出一种名叫"伟哥"的蓝色药片儿，效果奇佳。我深为父亲惋惜，美国人若是早一年制造出这玩意儿，父亲也不用以身试毒了。

虚构

一

　　章豪应该是时下被称作"网虫"的那类人。网虫虽然也还算人，但生活基本上与人是相反的。章豪的时间表是这样的，早上五点至下午一点睡觉；下午一点至下午五点，上班，包括洗脸、刷牙、吃中饭等；下午五点至晚上九点，没有固定内容；晚上九点以后开始上网。因为晚上九点以后，网络信息费按半价计算，这就决定了章豪是喜好夜间活动的那一类虫子。章豪在网上待到早上五点，然后从书房足不出声地溜进卧室，尽管足不出声，很照顾老婆了，但灯一亮，老婆还是要被惊醒的。渐渐地，章豪的老婆诺言也就养成了早上五点起床的习惯。诺言揉揉双眼，看章豪进来了，将揉清楚了的眼睛白章豪一眼，就上卫生间坐马桶上，以示她的不满。章豪只当是没看见，随便剥了衣服，钻进老婆躺过的被窝，听着老婆方便的哐哐声，很快就打起呼噜来。

　　章豪成为网虫，开始诺言并不觉着有什么不妥。这玩意儿

101

很时髦，似乎还代表着未来，好像是要赶一赶的。章豪上网还是她鼓动的，本来他对电脑毫无兴趣，只是看着周围的人都买，也买一台搁书房里，都一年多了，也没开过几次机，而且左看右看，形状都像一个刚切下来放桌面上的猪头。章豪悔之不及，说，嗨，这辈子最愚蠢的就是花一万多块钱，买这么个猪头搁在家里，好像供神似的。诺言却不这么认为，说，现在流行上网，你也上网吧，听说电脑主要就是上网用的。上网？章豪也听说过的，而且周围早已有人眉飞色舞地说网上如何如何了。章豪也就心动，据说上网还要安装一只"猫"，便去电脑公司买了"猫"，上网了。

也许章豪天生是个网虫，上网的第一夜，就在书房里不出来了，等第二天诺言醒来走进书房，章豪兴奋地说，老婆，我知道了，这网络才是我应该待的地方。

为什么？

因为人在网络上面就像鬼，有魂无体。

诺言高兴地说，那你以后就夜夜不要睡觉吧。

章豪上网，大约也正是时候，这段时间，章豪经常无所事事，若有所思，很深刻的样子，就连平时爱谈的女人，也懒得说了。这样子在十年前曾经很流行，但后来，大家都用身体生活，不过这种很深刻的心灵生活了。章豪倒不是怀旧，他才三十岁，还未到怀旧的年龄。章豪很深刻的样子，大概是用身体生活得累了，需要调整。比如男人都爱好的"泡妞"，章豪无所谓了，又比如男人和女人都爱好的钱，章豪也无所谓了。这两样东西都无所谓，确实也没什么有意思的。

难道上网就有意思吗？那也不见得。头一阵新鲜感过后，章豪觉着也没什么意思。网上除了胡说八道，其实什么也没有。但人总得有个地方待呀，章豪还是选择待在网上。

章豪在网上的内容有固定两项：一项是玩四国军棋，还有一项就是闲聊。章豪对那种以军级大小人吃人的游戏（司令吃军长，军长吃师长，以此类推），乐此不疲，上网必先玩上半天，他就像一只嗜血的动物，目光贪婪地盯着屏幕，四处攻击，还不停地在对话框里输入一个字：杀！杀！杀杀杀！这"杀"字，短促有力，很有快感，仿佛就看见白刀子进红刀子出，又仿佛听见子弹呼啸而去的声音。但"杀"的结果，多数是"杀"的人先完蛋。章豪眼睁睁看着自家的大本营燃起熊熊火焰，屏幕上跳出一行字："面对滚滚乌江，痛心疾首，非吾不能，天亡我也。"说罢横刀自刎。自刎许多次之后，已是后半夜了，章豪带着一点无聊和悲壮，进入聊天室。这儿不分昼夜，永远有聊不完的天，只是他还不擅长打字，老找不着键盘上的字母，就像口吃的人，好半天才能说出一句结结巴巴的话来，弄得人家都懒得跟他聊。等到他能够运用手指熟练地表达自己，已是好几个月以后的事了。慢慢地，他发现在聊天室里，只会打字是不够的，还得有一个有意思的最好是能够让人找到话说的名字，才能脱颖而出。几个月来，他用了数十个名字，都没怎么引人注目，比如西楚狂士、东部流氓、乡巴佬、臭豆腐。有一次，偶然在屏幕上看到"失恋"这个词，接着又看到"柏拉图"这个词，组合起来便是"失恋的柏拉图"，他便信手拈来当作自己的名字，不料找他说话的人就异常的多了。

再后来，他就遇上了"冬天里最冷的雪"。

二

在网上，章豪当然不是章豪了，而是"失恋的柏拉图"。不过，关于柏拉图，他知道的并不比一个中学生多，也就知道他不太正常的脑子里有个理想国，还有就是他的恋爱方式非常著名，被专门命名为"柏拉图式的恋爱"。但是，既然章豪叫"失恋的柏拉图"了，好像跟这位想入非非的哲学家也有了一点关系，起码他的恋爱方式应该是柏拉图式的了，而且是处于永远的寻找之中。

这名字已经规定了闲聊该从什么地方开始，网虫们见了，都是问你失恋了吗？失恋的柏拉图就动用现成的网络表情，或微微一笑，或翻箱倒柜，或号啕大哭，说是的是的。说得多了，也就得心应手，而且每次版本不同，几乎可以编一本失恋大全了。失恋的柏拉图就在这种大家都喜欢而且擅长的爱情话语中，遇见了"冬天里最冷的雪"。

冬天里最冷的雪（微微一笑）说，呵呵，失恋的柏拉图。

失恋的柏拉图（很迷惑地）问，你笑什么？

冬天里最冷的雪又（微微一笑）说，你叫这样的名字，当然要失恋了。

失恋的柏拉图又（很迷惑地）问，为什么？

冬天里最冷的雪说，因为你是失恋的柏拉图嘛。

失恋的柏拉图说，是啊，是啊，而且我是在永远的寻找之中。

冬天里最冷的雪说，能谈谈你的失恋经过吗？

章豪觉得冬天里最冷的雪这名字挺好，挺女性，也乐意跟她谈谈，他想起柏拉图那个著名的假说，这样的假说拿来闲聊是很好的。失恋的柏拉图就说，说来话长哪。

长就长点儿，我要听。

这得从上帝说起。

那就从上帝说起。

你肯定知道吧。人最初是圆形的，有四耳、四臂、四腿、两张脸和两个生殖器。

冬天里最冷的雪打出一串笑脸符号，表示她开心地呵呵笑了。

谁说的？

柏拉图。

继续往下说吧。

这种像足球一样的生物，天天在天国里滚来滚去，上帝看了很烦，一怒之下就把人一劈两半。

上帝这么残忍哪。

也不见得，人这样被劈成两半之后，一半为男，一半为女，这一半总是想念那一半，想再合拢一起，常常互相拥抱不肯放手，于是就有了爱情。

你真能扯，爱情是这样产生的？

是的。

冬天里最冷的雪又打出一串笑脸符号，呵呵地笑起来。失恋的柏拉图觉得成功了，就不失时机地问，你是女孩吗？

冬天里最冷的雪没有表情说，你觉得我是男的吗？

章豪想了下，敲着键盘故意说，是的。

冬天里最冷的雪突然就不理他了，说，我走啦，再见。聊天室随即公告："冬天里最冷的雪轻轻地离开了。"章豪就像突然被人掴了一个耳光，而掴他耳光的人，掴完之后便跑得无影无踪了，所以他只有捂着被掴的脸独自发呆，寻思被掴的理由。柏拉图的假说显然已吸引了她，那么她为什么还要走？说她是个男的，就算错了，也没什么可生气的，而没什么可生气的，她却生气了，这就说明她有病，不过，这病也有点性格。这样想着，章豪就对冬天里最冷的雪产生了兴趣。再说这名字，不只表示她纯洁，而且冷艳，这样的女人，假如她是女人，行为怪僻，也就不足怪了，章豪倒是希望再次遇见她。

好在这愿望第二个晚上就实现了，失恋的柏拉图看见冬天里最冷的雪也在，眼睛一亮，问候道，你好。

你好。

昨天为什么突然就走了？

我有急事，不好意思。

半夜三更除了尿急，还有什么急事？

冬天里最冷的雪又打出一串笑脸符号，说，你真好玩。

既然好玩，为什么不跟我玩？

我不知道。不过，我得告诉你，你昨夜的谈话很吸引我。

是吗？

是的，你是否也像柏拉图那样，是个哲学家？

不是。

虽然你不是，我还是想听听你关于这个世界的看法。

失恋的柏拉图（嘲笑）道，你真是个了不起的女人，居然关心整个世界，好像这个世界是你的衣服似的。

笨蛋，我是在考你。

一会儿，冬天里最冷的雪又要走了。不过这回不是冷冰冰地走，而是要求互告"伊妹儿"地址，以便长久交往。走的时候，还拉着失恋的柏拉图的衣角，依依不舍地走。

三

章豪的老婆想做爱了。

可是章豪成了网虫，这类虫子的最大特征就是喜好在网上找异性聊天，而忘了做爱。长此以往只怕要蜕化成无性别的虫子。诺言记得他上网以后总共只做过一次爱，而且还例行公事似的，一点儿激情也没有。这让她感到怨而且怒，又难以启齿，虽然是夫妻，也不能放下淑女的架子，说，章豪，别玩电脑了，过来与我做爱。夫妻当然是要做爱的，即便不想做爱，也应该做，若不做爱，便会感到中间隔着一点什么。诺言觉着她和章豪中间，已经隔着一点什么。以前，章豪尽管在许多方面不太像话，但做爱还是卖力的，所以夫妻过得还像那么回事。现在，究竟怎么回事呢，诺言睡觉，他上网，他来睡觉，诺言则起床了。有些时候，诺言看见他来睡觉，也想温存一会儿，可章豪好像刚从另一个世界回来，恍惚得很，不知道身边还有一个等待他的妻子，连话也懒得说，蒙头便睡。弄得她也只好抑郁地去楼下空地上，与一群老太婆一起练香功。

诺言就很生电脑的气，可电脑又不是女人，跟它争风吃醋也没什么来由。毕竟章豪也不过玩玩电脑，还不像时下许多男人到外面花天酒地玩女人，章豪到底还是好的、令人放心的，只是像个孩子一玩起来就昏天黑地没完没了，需要调教而已。这夜，诺言洗了澡，换了睡衣，在床上躺了好些时间，然后叫唤章豪。章豪"嗯"了一声。诺言娇声说，别玩了，你过来。章豪说，我正忙呢。诺言便来到书房，倚在章豪肩上。章豪正猫腰一动不动地玩四国军棋，手摁着鼠标点击自家的司令，杀气腾腾地从边路吃下去，也不知吃了对方的什么东西，不一会儿，就让对方的炸弹给炸没了。章豪显出一副很沮丧的表情，对着屏幕大骂。诺言说，别玩了，你要输了。章豪并不理会，又搬出军长去吃，嘴里继续自言自语。诺言觉着他这样子十分好笑，就耐心等他输得一塌糊涂，然后将气息呵进他的脖颈里。章豪说，你不睡觉？我睡不着。诺言又将气息呵进他的脖

108

子，章豪也不懂她的意思，又准备接着玩另一场战争游戏。

诺言烦躁道，你天天玩这种小孩游戏，无聊不无聊？

有点。

你再这样下去，我就不理你了。

那我该怎样？

给我睡觉去。

章豪见老婆生气，仰头发了一会儿呆。好像不知道老婆干吗要生气，他又没有惹她生气，他也没想着要惹她生气，他几乎就忘了还有个老婆。既然老婆生气了，他就关了电脑，照老婆的指示，睡觉去。

章豪靠在床上，并没有睡着，又继续发呆，及到诺言伸过手来，并滚到他怀里，才知道老婆是想做爱。他习惯性地将老婆抱住，准备履行丈夫的责任，突然他觉得找不着自己的身体了，这种感觉持续了好一阵子，也不见消退的迹象。章豪就有点紧张，放了老婆，装着尿急的样子，开灯上卫生间撒尿。撒尿的当儿，好像是有点什么感觉了，但从卫生间回来又没感觉了。章豪就很沮丧，让灯亮着，茫然地注视着老婆。

诺言见他这样子，迟疑了一下，问，你在想什么？

章豪说，没想什么。

你是不是不喜欢我了？

我可没想过这个问题。章豪说着，很抱歉地笑了笑，诺言便又滚到他怀里。

章豪想，这爱是要做的，拒绝做爱那是对老婆的莫大伤害，他可不想伤害老婆。尽管怀着这样良好的愿望，但章豪就是找不到自己的身体。

诺言说，你怎么啦？

章豪说，没怎么。

你还爱我吗？

爱的。

我们有多久没亲近了？

好像也没多久。

还没多久？我觉得我们已经很陌生了，你再这样，我就要不认识你了。

我不就是在书房玩电脑嘛。

诺言忽然从章豪身上起来，分开一道距离，怀疑道，你就是在玩电脑吗？

不玩电脑，玩什么？

我觉得你是在躲避我。

不是的。我确实是在玩电脑。

诺言看了看章豪，本来还准备说什么，但又忍回去了，转身泄了气说，我睡了。

这卧室的气氛就有点尴尬，而且凝重，这样的气氛章豪是不适应的。他在床上又待了一会儿，看老婆似乎睡着了，便蹑手蹑脚地回到书房，打开电脑，刚要重新上网，又突然止住了，对着这个猪头似的东西沉思起来。半天，章豪自言自语道，我怎么不会做爱了呢？又半天，章豪好像想通了，大约不

110

是不会做，而是不想做，既然爱也不想做，那么还做什么呢？

四

章豪发觉自己对冬天里最冷的雪有点想入非非。这几乎是由名字引起的，譬如说吧，想起冬天里最冷的雪，也不管实际的天气如何，就觉着漫天里雪花飞舞，那么究竟哪片雪花是最冷的，她是如何与众不同？章豪的想象力就这样被规定，多少有点初恋情怀了。

但是慢着，冬天里最冷的雪是男是女尚待确定，从语态猜测，她好像是女的，可也不一定，网上从来是真假不辨，你以为是女的他恰恰是个男的。冬天里最冷的雪若是男的，章豪是无法容忍的，那么就假设她是个女的，一个与章豪一样半夜三更在网上穷聊的女人，又是怎样的一个女人？是否也像章豪一样无所事事，穷极无聊，企图从生活中逃出来，而客居网上？

也许冬天里最冷的雪也同样这般想象着失恋的柏拉图。她先给失恋的柏拉图发"伊妹儿"了。

失恋的柏拉图：

如果我就这样不加掩饰地告诉你，我对你一见钟情，请你不要吃惊，事实上确实是这样的。

看到你的名字，我就对你感兴趣了，但是让我倾心的是你的胡说八道，多么有趣的想象。若是我不忍心立即跑开，我就跑不了，但是立即跑开也是跑不了的。这感觉来得这样突然、强烈，是我生来的第一次，我是否是你的另一半呢？

给我回信呀。

章豪是第一次收到网上情书，当然很激动，但激动的反应已不像十八岁的少年，跑到无人的大自然里，手舞足蹈，以帮助消化爱情。章豪现在激动的反应是坐在电脑面前，放大瞳孔，好像要从屏幕里面看见冬天里最冷的雪，而且也只激动一会儿，便恢复正常了。恢复正常了的章豪，还有些惭愧，让冬天里最冷的雪感到多么有趣的想象，可是柏拉图的，就是说她一见钟情的人是柏拉图，而不是章豪。但章豪也有理由激动，毕竟情书是写给失恋的柏拉图的，失恋的柏拉图也许不是章豪，但总有某种关系。

章豪就以失恋的柏拉图的名义，给冬天里最冷的雪回信。

冬天里最冷的雪：

也许我的感觉比你更强烈，我还没听你说话，只看你的名字，就已经一见钟情。你可以从我的言谈中判断我是男的，我确实是男的，但我还无从判断你是男是女，你可不要来耍我，你若是男的，这样给我写信，我会沤心的。期待着你的回音。

没想到冬天里最冷的雪为了证明自己的性别，干脆发了一张照片给他。章豪看到照片，眼睛花了好些时间，她似乎比想象中的雪还漂亮一些，纯情一些。都说网上无美女，她怎么就长得这么漂亮。难道是网上下载来的明星照，拿来骗他的？这样的事章豪听说过，但即使是骗他的，章豪也愿意受骗。这总比看到一个丑鄙的冬天里最冷的雪好，假设照片就是冬天里最冷的雪吧。她随意地站在草地上，嬉笑着，好像刚刚来到这个星球上，正跟他章豪说着什么好玩的事儿。照片几乎是抓拍的，就是说照片相当真实，未经艺术处理。她寄这样的照片，表示她很自信，确信自己是个美女，这样的女孩在生活中肯定是很矜持的，对男人十有八九是懒得搭理的，更别说主动写信。可到了网上，就不一样了，就完全放开了，看来，女人在网上和在生活中是很不一样的。那么，到底是网上的女人真实，还是生活中的女人真实？章豪思考了一会儿，最后发现思考这样的问题是很愚蠢的。

章豪也想马上回寄一张照片给她，但他不知道怎样把照片变成数码存进电脑，然后怎样寄给她。既然不能马上回寄照片，这就给他提供了思考的时间。章豪觉着互相看到照片或许是不好的。譬如说吧，看到照片这么漂亮，自然是欢喜的，但是，她的形象也就定于一了，若是没看到照片，便有无限的可能。无限总比一要好，章豪就决定不寄照片给她了，还是上网聊天吧。

准确说，现在不是聊天了，他们是恋人了，应该叫谈恋爱了。

失恋的柏拉图（轻轻地吻了一吻冬天里最冷的雪）说，你真漂亮，太漂亮了。

谢谢。

我为你可惜了，干吗要放弃这么美好的形象，而选择待在网上，在网上可是无人知道你是这么漂亮啊。

你不是知道了吗？

其实我是不知道的，我看到的不过是一张照片。

你也寄一张照片给我，好吧？

失恋的柏拉图表示他不会寄。冬天里最冷的雪就教他怎样用扫描仪将照片输入电脑，然后寄给她。

我没有扫描仪。

你去找，广告公司都有。

还是别寄吧，我长得很酷，你看了就会爱上我的。

我没看就已经爱上你了。

既然已经爱上了，就不用寄了。

该死的柏拉图，你欺负我，你要失恋的。

打是亲，骂是爱，你骂吧。

我不只骂，你等着，我还会找到你……

听你的口气，好像是要杀了我。

不是的，我找到你，是要吻你。

章豪就在电脑面前窃笑，觉得网上的女人实在比生活中的女人有意思。就说冬天里最冷的雪，她肯定爱上了失恋的柏拉图，一个从未谋面的人，已经渴望着吻他了，这就证明爱情不仅仅是两半分开的身体吸引，爱也可以是没有身体的，仅仅有语言就足够了，或许单是有一个名字就足够了。

章豪觉得这样的爱情挺有意思。

五

诺言是很生电脑的气了。不只生气，简直是愤怒，趁章豪上班不在，就想整整电脑，都是这该死的，使她成了时下最时尚的一类：电脑寡妇。诺言盯着这个毫无生气的机器，就像盯着与她争夺男人的第三者，心里充满了扑上去抓它个头破血流的欲望。但是无论怎样盯着它，电脑总是黑着屏幕毫无表情，诺言就觉着心里堵得慌，恶狠狠地捏起拳头，可拳头落在显示器上却轻轻的，毕竟是花了一万多元买来的，砸烂它还是不忍。诺言叹了几口气，无可奈何地坐在电脑面前，好像是在对电脑说，我们谈谈吧。说着伸手去启动电脑。电脑发出一阵类似嘲笑的声音，然后才进入桌面，诺言漫无目的地点击、点击、点击，意外地就点到了冬天里最冷的雪发给失恋的柏拉图的信件和照片，诺言就像自己的隐私被人偷看了似的，脸连带耳朵都红将起来。诺言看了一遍又一遍，见冬天里最冷的雪居然肆无忌惮地朝她露出笑脸，就气出一口痰来，啪的一声吐到冬天里最冷的雪的脸上，冬天里最冷的雪的脸蒙了一口痰就变形了，但是那口痰慢慢地滑下去，她又露出那张笑脸来，好像比原来更灿烂了。诺言就只有当着冬天里最冷的雪的面，抑制不住地把眼泪流下来。许久之后，诺言才发现对付冬天里最冷的雪的唯一办法就是将电脑关掉。

章豪回家的时候，诺言心里是很愤怒的，但她竭力做出一副什么也没发生的样子，只是将脸拉得比往常长些。可章豪已经迟钝，诺言脸上增加的长度他也没发觉，饭后照例一头埋在电脑面前。诺言在客厅里将电视机的频道翻来覆去摁了许多遍，觉得该给他点儿颜色瞧瞧了，脚步很重地走进书房，冷冷地瞟一眼章豪。章豪还不知道她为什么这样异常，电脑就被生硬地关闭了。章豪莫名其妙地看着诺言，正要骂她神经病，倒是诺言先骂开了。诺言骂道，让你玩！让你玩！让你玩！

章豪想是自己天天玩电脑，老婆生气了，就从椅子里站起来，准备抱抱老婆，不料诺言赶紧后退了两步，目光恼怒地盯着他看，章豪这才感到事态有点严重，一时不知如何是好。诺言见他窘住，"哼"了一声，回到卧室里去。

章豪赶进卧室，诺言早已坐在床沿严阵以待，看见这副架势，章豪就有点生理上的厌恶，但是忍了。

诺言说，你在网上，都干了些什么？

章豪说，干什么？下棋、聊天，还干什么？

聊天？跟谁聊天？

我哪知道跟谁聊天？

冬天里最冷的雪是谁？

冬天里最冷的雪，你怎么知道？

人家给你写了那么多信，还寄照片，我当然应该知道了。

不就是这些东西，你都知道了，我哪知道她是谁。

诺言露出一种怪异的笑，一种章豪看不懂的笑，说，你好厉害啊，你跟人家谈恋爱，居然不知道她是谁。

章豪嘿嘿地笑了两声，坐下说，这哪里是谈恋爱，完全是一种虚构，网络的生活就是虚构，你怎么拿网上的事情当真呢。

诺言说，我不懂你的意思。

章豪说，我的意思是网络不是现实，进入网络就是进入了一种创作状态，就像那些作家们，在网上大家都是作家，他们互相合作完成各种各样的故事。你的老公并不在网上，在网上的是失恋的柏拉图，他跟我的关系不过是人物跟作者的关系，就像孙悟空跟吴承恩、贾宝玉跟曹雪芹的关系一样。

那么说你跟曹雪芹、吴承恩他们一样，是个伟大作家了。诺言挖苦道。

章豪笑笑说，这可不敢，我们相同的仅仅是都在虚构中生活。他们是永恒的、伟大的，我们是即兴的，只是一种游戏。而且我也完全缺乏想象力，失恋的柏拉图还很不像一个人物呢。

你不要说得玄乎其玄，我关心的是你在背叛我，你在网上谈恋爱。

既然你那么在意，以后我在网上不谈恋爱就是了。

章豪的这句话显然只是哄哄老婆的，在网上不谈恋爱，还谈什么呢。然而，或许诺言正期待这样的保证，这架也就没必要再吵下去了，况且网上的恋爱，也许不是恋爱，就算是恋爱吧，确实也仅限于谈，身体是无法接触的，这就保证了老公的身体还是忠诚的，没有身体的恋爱，顶多也就是意淫而已，可以归入春梦一类，做个春梦就不必太计较了吧。诺言不觉放松了表情，章豪见老婆气消了，顺势把她揽进怀里，亲了几口，诺言就激动起来，吵架也就算是有了成果。

诺言似乎是要进一步扩大成果，准备做一场爱，这意思由身体传达过来，章豪觉着实在是一种负担。上回老婆想做爱，他的身体却不听使唤，章豪对自家的身体就有点反感，而且差不多把身体给忘了。这与老婆的要求，就有矛盾，但是，作为丈夫，确实有做爱的义务。章豪便在脑子里叫，起来，起来，起来。这样地叫过许多遍，章豪身体里的某种东西被叫醒了，终于起来了，赶忙做起爱来，但不久就感到了累，而且动作重复、单调，令人厌倦，章豪抬起头来，目光直直看着墙上，忽然，他看见了自己趴在穿衣镜里，样子像只蛤蟆，很好笑。章豪最终把好笑的感觉忍回去了，一边做爱一边笑是不严肃的。

章豪想，这就是章豪，章豪在做爱，样子像蛤蟆。

六

冬天里最冷的雪可能是个电脑高手，她自己制作了一个主页，名为"红炉一点雪"，就像盖了一幢房子，在网上有个家了。这家还是一幢乡间别墅，里面有客厅、书房、起居室，还带花园，就像时下大款们居住的地方。主页画面也就是别墅的大门吧，是一幅国画，一枝老梅树干积着一小堆雪，这表明冬天里最冷的雪有着某种古典情怀，那么屋内的布置也就可想而知了。此后，失恋的柏拉图就不用在公共聊天室里泡，而可以安逸地住在"红炉一点雪"里，做一个阔气的网上贵族了。

当冬天里最冷的雪首次邀请他来这儿，失恋的柏拉图着实吃了一惊，仿佛就在梦里。冬天里最冷的雪问，喜欢吗？

喜欢，太喜欢了。失恋的柏拉图突然激动起来，（拥过冬天里最冷的雪）说，吻你一千遍。

冬天里最冷的雪（痴痴）道，我感到了你唇上的热度。

我们做爱吧。

别这样问我，抱我起来。

失恋的柏拉图将冬天里最冷的雪抱进了起居室。

冬天里最冷的雪（遗憾）道，可是我们没有身体。

想象一下吧。想象我们都有身体。

我好像看见你了。

我也好像看见你了。

在很久以前……

在很久以前……

我们合二为一。

我们合二为一。

失恋的柏拉图和冬天里最冷的雪，这对被上帝强行劈开的男女，终于成功地合二为一，恢复了人的最初形状：球状。现在，这个球在虚幻的床上混沌地滚来滚去。多么幸福的一个球啊。

章豪终究不是失恋的柏拉图，章豪是有身体的，这样的想象难免要使身体产生反应，就像青春期的春梦。章豪感到受不了了，在一阵强烈的幸福感里面，"啊"地叫了一声，好像遭人谋杀死去一般。

失恋的柏拉图（附在冬天里最冷的雪耳边悄悄地）说，我好像是在地狱里。

为什么是在地狱里啊？

因为我们没有身体，是游魂。

那么，我们是在过着前世的生活。

现在我明白鬼为什么要投胎了。他们需要身体。

为了爱情？

是的，现在，我是多么渴望你的身体。

我也是。

为什么爱情要身体，爱情为什么不可以是灵魂的事业？

你问得真有意思，我们不是有身体，也许我们应该见面了。

但是见面的愿望，只是一时的心血来潮，到第二日下午上班，章豪觉着并不想和冬天里最冷的雪见面。他非常聪明地发现，网络是一种生活，生活是另一种生活。这两种东西最好是不要纠缠在一起。网上爱情和四国军棋，都是游戏。当然，生

120

活也是一种游戏。不过，它们是不同的，有不同的游戏规则。

　　章豪的办公室也是一个聊天室，上班的内容也就是聊天，主题似乎永远只有一个，那就是无聊。在办公室章豪通常拒绝聊天，沉默得很是深不可测。同事们很难想象他在网上是那样侃侃而谈胡言乱语。章豪想，我在办公室怎么就懒得说话？章豪觉得这是一个问题，思考了很长时间，结论是出人意料的，原来在办公室里是用嘴说话，而嘴是最不诚实的，所谓口是心非嘛。而在网上是用手说话，手显然比嘴诚实，心里想什么，手就说什么，比如说，他想做爱，手就说我们做爱吧。若是换成嘴说，可能就完全两样了，没准会说成我们喝点儿水吧。这样的口是心非他是时常经历的。章豪觉得这个结论有点意思，竟独自笑了。同事们见他一个人莫名其妙地笑，就笑他神经病，然而又觉着过分，就找他闲聊，以弥补过错。譬如说：章豪，听说你也上网了。

　　嗯。

　　泡到妞没有？

　　当然。章豪忽然兴奋起来，说，她已经要求见面了。

　　见了没有？

　　没有。我不想见。

　　你要是说见，她可能又不敢见了，网妞都这样。

　　我也上过这样的当。

　　是吗？

　　为了证明冬天里最冷的雪是真想见面，晚上，章豪主动提

121

出见面。冬天里最冷的雪确实犹疑不决，不断问，好吗？见面好吗？如果章豪说好，也许就见面了，但是章豪说，那就别见吧。冬天里最冷的雪说，我是害怕网上的爱情不可以在生活中继续。章豪说，你这话就像我说的，你跟我一样，都是网虫，生活在虚构中的人。

网虫的本质就是虚构。下网后，章豪在书房里来回走了三圈，然后自己对自己说，见面？干吗见面？还不如想象见面。

七

诺言说，以后我不许你上网了。

章豪说，这怎么可以，上网是新生活，你怎么能不许我过新生活。

你不能待在网上了，你应该回到生活中来。

是吗？

现在，你除了上网，对什么都不关心。

是吗？

我可不想当什么电脑寡妇。

是吗？

你知道你老婆现在在做什么？

不知道。

你把老婆忘了。你这样下去，哼……

老婆的这一声"哼"意味深长，有点叫人害怕，章豪就不说话。诺言又说，你别在家里玩电脑了，我宁可你出去玩。

有什么好玩的。

那你就陪我吧。

好吧。

说好了？晚上陪我去迪厅。

好吧。章豪想想，好像又不对。问，为什么去迪厅，而不是别的什么地方？

我喜欢。

好吧。

章豪就被拖去蹦迪，这玩意儿以前也玩的，在想丢掉脑子的时候，就来蹦迪。就是说他相当熟悉这种炸弹似的声音、光怪陆离的灯光和疯狂的男女、世界末日的景象。但这回是被老婆拖来的，章豪一点儿也不想蹦，在靠边的所谓雅座坐下，要了两罐啤酒。不一会儿，一个陌生男人过来，诺言立即站起来打招呼，就是说他们是熟悉的，陌生的是章豪。那男人直着嗓子朝诺言喊，可他的喊叫被另一种更强大的声音也就是迪厅的音乐，砸得支离破碎，什么也听不见，只见诺言很兴奋地笑着，也是直着嗓子朝章豪说了一句什么，便跟了陌生男人进入舞池，只一瞬间，诺言就淹没在舞池里，再也找不着了。

章豪对面的位子空了出来，只一会儿，一位小姐款款而来，也不经章豪同意，就在空位上坐下，脸上堆满了笑，嘴巴张着，像一个红的圆圈，当然是跟章豪说话。章豪也把嘴巴张得大大的，问，你说什么？小姐就伸过脖子来，嘴巴几乎要贴

123

着章豪耳朵。这回章豪听清了，小姐说，陪你蹦迪好吗？章豪说，不好。小姐说，那就陪你聊天。章豪哭笑不得说，怎么聊？小姐见生意不成，从位子上弹起，转眼蹦到了别处。

喝完两罐啤酒，又要了两罐，又喝完，还不见诺言回来，章豪转了个身，面朝舞池，所有的人似乎都被光影肢解了，无数的手臂，无数的大腿，无数的脑袋，无数的乳房，在心跳达到二百、血压达到三百的声音里翻滚、挣扎、沉浮，在大家都疯了的时候，你一个人不疯，是很无聊的。章豪看了一会儿，便闭上眼睛，躺在椅子上，不久就睡着了。

你居然躺这儿睡？章豪被推醒的时候，听见诺言这样说。

不跳了？

先歇会儿。

诺言很是亢奋，好像无法止住运动了，坐在位子上，身体还在扭动、颤动、抖动，她确实得歇会儿了。章豪又要了两罐啤酒。

诺言边喝边说，睡着了？

嗯。

了不起。诺言嘲讽道。

也没什么了不起，越是喧嚣，越是安静嘛。

是不是想着你的网上爱情？

没有。

一起跳吧。

不想跳，你跟别人跳吧。

终于等到了回家。诺言虽然蹦得很满意，但对章豪的表现不满意，所以还是不满意。

章豪觉得已尽职尽责，如释重负道，现在，我可以玩电脑，不陪了吧。

我就是不让你玩电脑，才拉你出去的。不能玩电脑！

你饶了我吧。章豪恼怒说。

诺言也恼怒说，你是否觉得电脑比老婆重要？

没比较过。

我先警告你，你再玩电脑，我马上出去找人玩。

既然老婆比他还生气，章豪只好忍着不生气。要命的是若是顺着老婆，就不能玩电脑，章豪就很羡慕那些比他小几岁还没老婆的网虫。

八

老婆是权威的，老婆说不让玩就不让玩。而且老婆像个克格勃，严密监视着章豪，使他无法靠近电脑，更别说上网了。这就使章豪的生活出现了前所未有的混乱，甚至出现了精神分裂的前兆，譬如失眠、头痛、抑郁、厌世，不能上网留下的时间，就像一堆垃圾堆积在生活之中。

这样的生活显然是不能忍受的，尤其是失眠。因为失眠，章豪总觉着还没有睡，所以就整日睡在床上。头也是在床上痛起来的，痛的感觉像绳子扎在脑袋上。有时也像针一样深入脑子的中央，章豪就要发泄一点什么，譬如对着穿衣镜，像一头困兽嗷嗷乱叫。

这就不可避免地影响到诺言，诺言忍了一些时间，终于忍无可忍，譬如在某个深夜，在章豪辗转反侧将她弄醒的时候，骂道，神经病。章豪说，你才神经病。诺言本来是想重新入睡的，但这样一吵，就睡不着，那么就应该好好地吵一架了。

诺言说，你不要睡，你去上网吧。

章豪说，好。

你快去网上谈情说爱，不要影响我睡觉。

我只是想上网，是否谈情说爱，倒不重要。

你去，以后我们谁也别管谁。

这可能不像吵架，而像一场谈判，谈判的结果应该是章豪赢吧。从此又可以上网了，但代价也是不小的，就是诺言不理他了。也许不是代价，而是他所渴望的，被老婆缠着无论如何不是件愉快的事，没老婆多好呢。

章豪一上网就收到了五封"伊妹儿"，都是冬天里最冷的雪发的。因为这些信，这几天被老婆监视着没上网，似乎完全改变了性质，好像是故意考验她、以证明她是如何思念失恋的柏拉图。冬天里最冷的雪一会儿想象他出差了，一会儿又想象他生病了，甚至想象他可能突然死亡了。冬天里最冷的雪被自己的可怕想象所折磨，说，你若是死了，我将在网上为你建造一座纪念馆，然后我也死去。看到这些话，章豪很是愧疚，这几天他只是想着怎样上网，似乎并不怎么想念冬天里最冷

126

的雪。

但思念也不妨虚构一些。当他们重逢，失恋的柏拉图解释说，我确实是生病了。

冬天里最冷的雪说，你也想我吗？

想。我躺在病床上，不想你还想什么。

生病，也不告诉我。

我也没准备要生病，怎么告诉你？

要是我能照顾你，多好。

你这样想，我就很感动了。

这些天，我终于明白了我是多么爱你。

我也是。

若是看不见你，我会死的。

若死，就一起死。

我们见面吧，我无法忍受网络的虚拟了。

虽然章豪对见面有点别扭，但既然这么说了，见面的要求也就不可拒绝。当他们互告了住址，原来就住在同一城市里，见面并不困难，这样，见面的要求就更不可拒绝了。及到约定明晚在帝国大厦六十二层楼顶茶座见面，才发现原来他们是不认识的。章豪感到有点荒唐，说，这样吧，我左手拿着柏拉图的《理想国》。冬天里最冷的雪说，那我就右手拿着《理想国》。

下了网，章豪对着电脑露出了几丝微笑，他确信冬天里最冷的雪是爱上失恋的柏拉图了，这究竟是什么爱情？但不管怎么说，总可以证明恋爱确实是说出来的。或许这就是未来的恋爱模式。

　　章豪就坐在电脑面前，想象着即将到来的约会，直到察觉老婆出现在背后，才转身看看老婆，说，你起来了。但诺言不准备跟他说话，脸上是几千年前早描述过的表情：冷若冰霜。好像她一眼就看见了章豪脑子里的想象，随即掉头走了，房门的响声似乎很愤怒。这样，章豪的想象不可避免地改变了方向，明天晚上的约会好像是对老婆的背叛，好像是一场婚姻的结束和另一场婚姻的开始。其实不是这样的，约会不过是一种想象的终点。章豪甚至还没有用身体谈一场恋爱的准备，先与老婆吵架，然后跟另一个女孩约会，不过是时间上的巧合，这样的吵架和这样的约会，都是游戏，都是没有意义的，而且都是章豪不愿意的。

　　章豪这样想着的时候，就对明天晚上的约会也厌倦了。

九

　　章豪睡了一整天的觉，睡得脑子迷迷糊糊的，起来吃了一包方便面后，总感到有什么地方不对，但又不知道什么地方不对，心里很有点不安，老半天才发觉原来老婆没回来。不回来就不回来吧，找到了原因，章豪也就心安。习惯性地打开电脑，又猛地想起与冬天里最冷的雪约好晚上见面，看看时间，怕要迟到了，章豪骂一句混蛋，就赶紧赴约。

帝国大厦是这个时代的象征，那地方是大家都熟悉的，去过的，站在楼顶俯视全城，很觉得人是有蚂蚁那么了不起的。章豪赶到顶楼，慌乱地扫视了一遍茶座，见没有右手拿着《理想国》的女孩在这儿坐等，松了一口气，让小姐领到一个靠窗的空位坐下，先要了一杯太湖出产的"碧螺春"。这样一边喝茶一边等着，是很合适的，章豪渐渐地沉静下来，突然想起自己忘了带柏拉图的《理想国》，这可能确认坐在这儿的章豪就是失恋的柏拉图？章豪又骂一句自己混蛋。

不久，冬天里最冷的雪出现了，章豪看见她的右手如约半举着《理想国》，就像机场里接客的人举着纸牌子，样子有点可笑。这本书是不合时宜的、多余的，她的手也是不应该半举着的，章豪就立即庆幸自己忘了带书。她站在门口，目光在茶座里缓慢地移过来移过去，显然是在寻找同样的另一本书。章豪就起身朝她走去，但是冬天里最冷的雪并不认识他。章豪朝她微笑，她惊疑地后退了一步。章豪说，冬天里最冷的雪。冬天里最冷的雪说，什么意思？章豪说，不是你的名字？冬天里最冷的雪说，你怎么知道？章豪说，我就是失恋的柏拉图。冬天里最冷的雪就疑惑地盯着他的手看，章豪说，不好意思，我的《理想国》在路上丢了。冬天里最冷的雪这才觉着这个人就是失恋的柏拉图，但对他的左手没有拿着《理想国》还是不满意。

章豪替她也叫了一杯"碧螺春"，然后互相开始飘忽的注视，章豪首先想到的是照片，她与照片有些像，又似乎不像，不像的原因大约是眼前的冬天里最冷的雪距离太近了。茶座的光线是暗淡的、恍惚的，近乎玻璃外面的夜色，但就是这样的光线，冬天里最冷的雪还是太逼真了，逼真得使章豪感到紧张。冬天里最冷的雪大概也是同样的感觉吧。章豪想说点儿什么，可突然似乎忘了怎样说话，他已习惯对着电脑用手与她交谈，而一旦改变方式面对面用嘴交谈，肯定是不习惯的。章豪的嘴张了一下，又闭上，目光从她身上往下，落在桌面的茶杯上，见杯中的茶叶在水中渐次张开，鲜活起来，终于找到了话说。

他说，喝茶吧。

冬天里最冷的雪说，嗯。

章豪喝了一口，冬天里最冷的雪也喝了一口，章豪又喝了一口，冬天里最冷的雪也再喝一口，章豪不好意思再喝了，说，碧螺春挺好喝的，而且很女性化。

冬天里最冷的雪说，我不懂。

章豪找到了一点感觉，说，碧螺春的香味，很像女孩浴后散发出来的体香。

是吗？我倒没感觉。

然后又没话了。关于碧螺春，章豪其实说得不错的，给碧螺春做广告词也是蛮好的。这样的语言，若是在网上，大约是可以获得赞赏的，面对面不知道为什么就没有反应。

一杯茶喝完，冬天里最冷的雪沉默了一会儿，好像在等待，又好像在思考，又一会儿，鼓起勇气说，我们走吧。

章豪跟在身后，一直从帝国大厦六十二层下到底层。出了电梯，冬天里最冷的雪迅速伸出手握了握，说，再见。

　　章豪目送她混入人群，直至踪影全无。

　　章豪感到需要放松一下，上洗手间方便了一回，出来确信再也不会见到冬天里最冷的雪了，才恢复到正常状态。刚才他是很尴尬的、很紧张的，这尴尬和紧张，显然来自身体，而不是灵魂。选择在茶座见面实在是愚蠢之至，如果选择在舞厅跳舞，或者就在公园里散步，让身体运动，紧张感或许就随运动释放了，而在茶座里除了说话，还能做什么？而让两具陌生的肉体说话，自然是困难的。

　　这样的见面是应该忘掉的。

十

　　这次见面的效果是奇特的。

　　当章豪重新坐回电脑面前，先是发木，发呆；继而恍惚，恍恍惚惚；然后张开嘴巴，像死了一般；然后就是大彻大悟，可能还是禅宗的那种顿悟。顿悟的结果：一是失恋的柏拉图与冬天里最冷的雪的见面是虚幻的、不真实的，是肉体的一种虚构；二是帝国大厦以及茶座、碧螺春是虚幻的、不真实的，是物质的一种虚构；三是章豪的身体以及时间、空间是虚幻的、不真实的，是上帝的一种虚构；四是网虫以及灵魂、语言是虚幻的、不真实的，是章豪的一种虚构。

顿悟了的章豪还是决定做一只网虫。

失恋的柏拉图和冬天里最冷的雪继续在网上见面。

冬天里最冷的雪（愧疚）道，请原谅，我这样走掉。

失恋的柏拉图（微笑）说，不用原谅，这样更好。

我确实渴望来到你身边的。

我也是。

其实爱是需要身体的，我需要你的拥抱、你的吻，还有做爱。

我也是。

可是……

可是，我们是网虫。

唉，网虫很像蜘蛛，只能各自织一个网，孤独地面对世界。

网虫不是孤独地面对世界，而是待在网上，然后将世界忘掉。

也许网虫是一种病的名称。

也许吧。

然而老婆回家了，听到开门声，章豪匆忙下了网。老婆是被一个男人扶着回来的，扶她的男人章豪是陌生的，这使他有点吃惊。老婆好像喝了酒，一脸的醉态，看见客厅里的沙发，挣脱了扶她的男人，腰一软，歪在沙发上不动了。陌生男人好像拥有了什么权力，朝章豪不客气地说，给她泡杯浓茶。虽然那口气让章豪不舒服，但还是照他的话，给老婆泡了一杯浓茶。陌生男人又不客气地说，诺言交给你了。好像诺言是他拿走的一件东西，现在物归原主了。章豪说，好的。陌生男人就不理章豪，拍拍诺言的肩膀，说，我走了。诺言睁了睁眼，喉咙滚出一串的咕噜声，含混地道，你别走哇。

陌生男人走了之后，章豪面对老婆，反倒不知所措。章豪说，去睡吧。诺言低沉道，别管我。章豪没事可干，就开始想象诺言这一天的生活，她应该是和陌生男人一起过的，他们一起喝酒，也许还一起跳舞。诺言是很喜欢跳舞的。两个人，一男一女，一整天时间，可以干多少事啊，也许还一起拥抱、接吻，也许还一起做爱。奇怪的是，章豪这样想着的时候，并不生气，似乎与他无关的。

诺言看见茶几上的浓茶，端起来喝了两口，又清了清嗓子，说，你坐这儿干吗？

章豪说，你喝醉了。

我没醉，你坐这儿也好。我们是应该好好谈谈了。

嗯。

我再也无法忍受这样的生活了。

是吗？

你去网上谈恋爱呀。诺言突然嗨嗨笑起来，目光在客厅里寻找起来，问，他走了？

章豪说，谁走了？

送我回来的人。

走了。

诺言又嗨嗨笑起来，说，你怀疑我们吗？

不怀疑。

你混蛋。诺言狠狠骂了一句，站起来就走，经过书房门口，一眼瞥见里面的电脑，就改变了方向。不一会儿，章豪猛地听见电脑主机砸在地上的巨大金属声响，章豪被这声响所震惊，就像刀片一样迅速快捷地切走了耳朵。章豪冲进书房，看见老婆正趴在显示器上弓着背呕吐。

章豪觉着一个时代结束了。

裸夏

大约离夏天还有一个月光景，刘元忽然找我说，我们办个游泳俱乐部吧，把乐清人拉到石门潭游泳去。这点子蛮有意思，我说好。

　　石门潭在雁荡山之东。雁荡山是名山，石门潭自然也是名潭。仿佛雁荡山的灵气，全都汇聚在这一潭里了。在我的印象中，石门潭是一个修长灵秀的女人，一个躺着的女人，让人想入非非。那儿确实是夏天的好去处，可惜离市区有一个小时车程，大多数人只是想想而已。

　　刘元见我有兴趣，便分析其可行性来，他说起经商，总是滔滔不绝，新意迭出，颇具想象力，也不乏成功之举。他确乎是个经商之材，其商业意识比新闻敏感度要强。以前他也时常找我谈谈生意上的事，并有意邀我入伙，我往往说好，然后就没有下文。他拉我入伙，并非需要我帮忙，而是我穷得叮当响，他想在经济上拉我一把，让我共同致富，朋友嘛。这回，我真的有些心动，我觉得夏天在石门潭间跑来跑去，很有意思。

我们随即到石门潭实地考察，或许是天助吧，石门村一位叫项友的村民与我们想到一块儿去了，正在潭边盖茶楼，底层做更衣室，二层为休憩场所，还准备购置游船等游乐设施。我们告诉他来意，他快活地说："你们把客送过来，其他好说，其他好说。"这样，这边的投资可以全省了，我们便有了要发的感觉，快乐地坐在潭边抽烟。渐渐地我又觉得这幽深的潭是一个女人，一个躺着的女人，我用注视女人的目光注视她，同时觉着她也用异性的目光在注视我。刘元却兴奋地计算起钱来了，说每天以五十人计，每人收费五十元，利润二十五元，一个夏天可赚十几万元。我打断他说：

"在这种地方，最好不要想钱。"

刘元不以为然说："你还看不起钱，所以你没钱。"

我说："我不是看不起钱，我只是觉得这种地方想钱不太合适。"

"那想什么合适？"

"想女人。我觉得石门潭就是一个躺着的女人。"

"想得很好嘛。"刘元哈哈道，"我们利用这个女人赚钱，我们把她变成一个妓女。"

我没想到我的感觉会有这种后果，也开心地哈哈大笑。

回来后，我去文联找诗人雁人，他出生在石门潭边的一个村子里，我想从他那儿了解一些有关石门潭的情况。雁人听说我要办俱乐部，奇怪地道：

138

"你要做生意吗?"

"玩玩嘛。"

"你一个人?"

"不,跟刘元一起,我一个人哪行。"

"刘元确实会做生意的。"雁人说,"这点子挺好,以后我可以天天到石门潭游泳了。"

我想,雁人的反应就是所有乐清人的反应,这无疑增加了我对俱乐部的信心。但是,他说的石门潭却使人毛骨悚然,他说石门潭每年都要淹死一个人。而且奇怪的是每年就死一个人,许多大荆人(大荆是石门潭边的一个镇)都要等这个名额有人占了,才敢下潭游泳。我听了就觉脊梁骨发冷,急急跑去找刘元。刘元看我惶惶不安,淡然地道:

"这算什么,一年才死一个人,哪里轮得到我们。"

"万一轮到了,不麻烦?"

刘元略想一下,胸有成竹说:"没事的,我们多备一些游泳圈,每人发一个,再雇一个救生员,再到保险公司投保,万一死了人,让保险公司折腾去。"

"绝对不能死人,按照惯例,保险公司赔了,我们还得赔。"

"哪有绝对。该死的总是要死的,你有什么办法。"

"看来,风险很大。"

刘元看我一下,说:"害怕了?"

我觉察到他语气里有优越感,赶紧自嘲道:"我是胆小鬼,

139

你不知道？"

刘元笑道："胆小鬼，别害怕，我们会发财的。"

若不是刘元，后来命名为"夏之梦"的石门潭游泳俱乐部大概也就作罢了。我确实有点怕，怕死人惹麻烦，既然刘元不怕，我也只能硬着头皮表示不怕，否则让他以为我是胆小鬼，很丢脸。

就准备租间房子开张。上街问了几间店面，月租都在一千五百元以上，我嫌太贵，想起文联有间办公室空着，虽然在二楼，但面朝体育场，是个办俱乐部的好地方，又拉着刘元来找雁人。雁人，刘元也熟的，他曾经写过诗，并且有心当个诗人，后来看看诗人行情实在不怎么样，才将心思转到经商上。路上，我想以后可能有许多地方需要雁人帮忙，是否干脆拉他入伙。刘元说人多了赚的钱就少，我想想也是，就不提了。

雁人是个好人，一说，便答应了，这样，几乎不费力气，俱乐部的眉目就显现出来了。刘元又高兴地说："一切都很顺利，我们会发财的。"

我们在电视台上班，不宜直接出面，得雇一位职员，具体由她操作。当然需要女的，经理兼导游。广告贴出后，出乎意料的是应聘小姐竟也不少，那段时间，腰里的传呼机经常响个不停。我们很有兴致地约她们逐个面谈，对长相差的，随便说几句，便打发走，过得去的，就想出种种问题考她们，然后不置可否，留待最后选择。这招聘本身也蛮好玩，似乎是一种人生享受，我们都乐此不疲，漫无期限地招聘下去。

实际上招聘标准很简单，那就是对男性有吸引力，她应该是俱乐部的诱饵，让游泳者看了还想看，来了还想来。可吸引力这东西因人而异，没个标准，比如，我喜欢纯情，刘元喜欢性感，我看中的刘元说太嫩，刘元看中的我说太骚，以至于夏天马上就要到了，我们还为到底招聘哪个争论不休。刘元嘲讽说：

"你是找职员，还是找情人？"

我也嘲讽说："你是找职员，还是找妓女？"

我们大约是想趁机找点儿别的什么，而不仅仅是找一个职员。好在让我们双方都满意的女性终于出现了。在电话里才听到她的声音，刘元就激动地说，这个肯定好。因此，我们特意邀请她到卡萨布兰卡乡村啤酒坊见面，以示隆重。果然，她一出现，就把我们抓住了，以前的那些女性都黯然失色，以前的那些争论也变得毫无意义，我们不约而同地自言自语，就是她了。她坐在靠窗的位子上，像赴一次约会。她说她叫陈静，在外地念大学，回家度假看见游泳俱乐部的广告，觉得很浪漫。她愿意整个暑假都在俱乐部里度过，当个好导游。

我们争着点头说，好，好。好像不是我们招聘她，而是她在招聘我们。我甚至有点坐立不安，不时要用手捋捋头发，似乎头上有什么不妥。

她朝刘元笑笑，又朝我笑笑，说："就这么定了。"

"就这么定了。"刘元说。然后讨好似的告诉她我们自己的情况。我亦不甘落后，给她介绍俱乐部的运作方式、她该干的活和待遇。本来，这些应该先说在前面，不知不觉居然弄倒了。这也是没办法的事，面对美好的女性，许多事往往都要颠倒的。

送走陈静，我有些茫然若失，又回到啤酒坊，端着啤酒杯发痴。刘元说："傻了？真想不到，我们的俱乐部有这么好的女性参与。"

我若有所思说："真糟糕。"

"什么真糟糕？"

"我们都心动了，我们肯定要为她争风吃醋。"

刘元点头说："很好嘛，我们一分为二，你喜欢纯情，你们搞精神恋爱，我喜欢性感，我们搞肉体之爱。"

有了陈静，俱乐部的灵魂就有了，仿佛我们办俱乐部的目的就是为了她。随后几日，我们预租车辆，定做俱乐部牌子，购买游泳圈，替陈静印名片，给她取了一个适合游泳俱乐部的名字，叫冰小姐。将她上班的文联办公室装修一新，添置了老板桌、老板椅、沙发和茶几，墙上贴几幅穿比基尼泳装在海滩嬉戏的女性图片，以强调游泳气氛，还空出最醒目的一块，准备挂陈静在石门潭游泳的巨幅照片。最后剩下的就是宣传，在街头拉横幅、竖广告牌；在报纸上发去石门潭游泳如何如何好的文章；在电视里播放游泳俱乐部开张的新闻。这些并不难，宣传是我们本行。

开张之前，我们拉了陈静去石门潭拍宣传资料，因为她，我们不由大方许多，花二百元钱叫了一辆出租车。让她乘公共汽车,似乎很不体面。刘元坐前面,我和陈静坐后排。这种坐法,照理我应该与陈静亲近一些,可我面对美丽的女性,总是感到难以言传的紧张,反而拘谨得无话可说。而刘元却自然得很,侧着身子,与陈静天上地下地乱扯,车里都是他们两人的笑声。我空占了一个好位子,其好处一点儿也没有体现出来。

当地人没有上午游泳的习惯,石门潭的上午是很静的。上次见过的项友,远远看见我们,出来热情地打招呼。刘元提着摄像机说:"项友,我们给你宣传来了。"项友说:"好,来得正好,茶楼搞好了,后天可以开业。"刘元说:"那么我们也后天开业,共同发财。"又指着陈静说,"她是我们请的导游小姐,以后请你多多关照。"项友看了一眼陈静,不敢再看第二眼,就谦恭地点起头来。

陈静是初次来石门潭,看见那水,眼就发亮,忘乎所以地往潭边跑,将水掬在手里,哇哇叫道:"好凉呀。"刘元机敏地把摄像机扔给我,紧随其后,也将水掬在手里,叫道:"好舒服呀。"说着就表情暧昧地把水往陈静脸上洒。陈静欢快地哇哇叫着,也把水往刘元身上洒。我站在上面看他们亲热,有点醋意,叫道:"陈静,快去换衣服,我们开始工作。"

我把三脚架支在沙渚上,不一会儿,陈静换了我们预先说好的红色泳衣从更衣室出来,那瞬间,我心猿意马地看她从摄像机前经过,然后缓缓进入水中。我不由自主地盯着她的臀部,浑圆的,光洁的,经水一浸,仿佛散发着柔柔的毛茸茸的光,像水中的两个月亮。陈静走到水面齐胸处,转身问我她该

143

干什么。我说仰泳吧。她就漂起身子，一半在水上，一半在水中，缓缓地向后游去，胸部鼓鼓的，裹着红色，使我想起一个被人用过无数次的词：出水芙蓉。并且对出水芙蓉有了全新感受。

我拍了全景、中近景，又拍臀部和胸部的特写，把它们塑造成月亮和出水芙蓉，然后又改用相机反复拍。刘元等得不耐烦道："你有完没完。"也不管我拍好没有，便急不可耐地扑入水中，去追逐陈静。我看见陈静在潭中央等待，表情由纯净而兴奋，我想我也应该像刘元那样声音响亮地扑入水中，急不可耐地去追逐她。可要命的是我不善游泳，平时我只会在浅水区内狗刨似的刨几下，绝不敢往深水区去。与陈静的距离我无论如何也游不到，只能眼巴巴地望着他们在水中嬉戏。

项友对电视好奇，从茶楼下来站我边上看，待我关了机子，项友问：

"这样拍好就可以拿去放了？"

"嗯。"

"她是你们专门请来拍电视的？"

"是导游。"

"是导游？这么漂亮的导游？"

"漂亮吧，你想了？"

"我不敢。"

项友说不敢的表情很滑稽，我笑笑说："你想想可以，但可不能乱来。"

"你们什么关系?"

"关系总有一点的。"我轻佻地道。

项友见我这等模样,笑嘻嘻说:"你们真有福气,她屁股可真白,你摸过了?"

"你不能这样乱说,我要娶她当老婆的。"

"那你要注意他呀。"项友指着刘元说。

"是的。"

"喂,你拍好了?"陈静隔着水面朝我叫道。

我大声说:"拍好了。"

"那你也来呀,快来。"

面对陈静的邀请,我无奈地笑笑。刘元幸灾乐祸地说:"他不会游泳的。"向我挥挥手,就拉陈静往更深处游去。

刘元这小子欺我不会游泳,就想独占陈静,实在太不够哥们儿。我问项友有游泳圈没有。项友说有。我上茶楼拿了游泳圈,得救了似的朝陈静划去,到潭中央时刘元吓唬说:"嘘,翻了,翻了。"故意把潭水推得晃来晃去。我虽然套着游泳圈,看那晃来晃去的水,还是有点怕。陈静笑道:

"原来你是不会游泳的。"

我说:"原来你以为我会游泳?"

"那当然,你不会游泳,还办游泳俱乐部呢。"

"这有什么,让你会游泳的游。"

"真可惜,你不会游泳。"

陈静说了,怡然自得地快速游动起来,刘元也怡然自得地快速游动起来，他们就像水中的两条鱼。我也想快速游动起来，但游泳圈不听使唤，忽左忽右总也追不上，再说套着一个游泳圈去追女孩子也很可笑，我索性静止不动，任其浮沉。不会游泳，实为可恨，刘元的优越感是显而易见的。我意识到在这场追逐陈静的角逐中，我将处于下风。看他们奋然勃然地游泳，我无端地激动，下面那玩意儿很惭愧地挺起来。

他们游够了，坐在沙渚上很满足地喘息，说舒服极了，舒服极了。陈静上岸更衣的时候，刘元忽然冲她背影做一个鬼脸，诡秘地道：

"你知道游泳后是种什么感受？"

"不知道。"

"那种疲劳后的快感，很像做爱。"

"是吗？"

"是的，游泳就是做爱，你不会游泳，就是不会做爱，哈哈，你是性无能。"

刘元推导出我是性无能，高兴得手舞足蹈起来，神态非常可爱。

中饭是不能寒碜的，顺便也请项友，送个人情以后好说话。饭后，我想起得找一位救生员，就请他帮忙找一位本地的。项友说："这个方便，对面村子里的项多水性很好，石门潭里的香鱼就他一人能抓，每次上面有人来雁荡，就过来派他下水抓香鱼。你们找他当救生员，万无一失。"我说："有那么好吗？"项友说："你不信，我去叫他来抓给你看。"不多

146

时，项友果真带了一位村民来，不知项友捣的是什么鬼，指着摄像机骗他说："项多，不骗你吧，电视台的记者要给你拍电视，请你下水抓香鱼。"项多说："香鱼平时不准抓的。"项友说："拍电视抓一次没关系的。"香鱼是雁荡五珍之一，很有名，但我从未见过，挺想看看香鱼究竟什么样子，也说："没关系的，抓吧。"并装模作样架了摄像机。项多点点头，随即跳入水中，就像一块石头沉入水底。开始水面还冒泡，后来连水泡也没了，很长时间潭里无动静，看得我们心慌，连问是不是出事了。项友坚定地说，没事的。许久之后，潭里突然"哗啦"一声，项多从水面一跃而出，手里果然攥着一条香鱼。我们一边观赏香鱼一边忙不迭地赞美他水性好，我还把拍下的片子倒回来放给他看，好像这是一种奖励。项多看见目镜里自己的图像，惊奇无比地说："奇怪，里面的人怎么长得跟我一个模样。"

大家就笑。笑完，刘元说请他当救生员。项多说好。刘元说："每天工作两小时，时间下午四点至六点，工资三百五十元。"项多又说好。刘元说："那就这么定了。"我不知道刘元按什么标准定的工资，觉得亏待了项多，主动说："三百五十元太少，五百吧。"刘元诧异地看我，说："五百？"我肯定地说："是五百。"刘元不懂我什么意思，只得说："是这样，基本工资三百五，另外奖金一百五，总共五百元。"项多凭空多了一百五，有点疑惑地看我。我说："就这样吧。"

项多走后，刘元莫名其妙地问："我们已经说好了，你干吗要加工资？"

我说："以他的水性，就应该加。"

"可是我们已经说定了。"

"那也应该加。"

"你这家伙，真不是经商的料子。"刘元摇头说。但他也只当是小插曲，加点儿工资无所谓。

陈静开玩笑说："那也给我加点儿工资吧。"

"那当然。"刘元笑眯眯地拍拍陈静的肩膀，忽然有所悟，又拖她下水游泳。

我想起他上午胡诌的游泳就是做爱，再看他们游泳的样子，就觉得很好笑。午睡时间过后，大荆镇里的居民也陆续过来，潭里渐渐地热闹起来。我扛着摄像机，又拍了一些镜头，把刘元和陈静在水里游泳的镜头也拍下来，等他上岸，我威胁说："把片子送给你老婆看。"刘元小声说："在她面前，我们不能提老婆，她若问起，我们就说自己没老婆。"我说："不对，我们得吹吹自己的老婆，现在的女性，都喜欢找有老婆的男人，经验丰富。"刘元说："那你先吹吧。"

我们故意磨蹭到天晚了才回来，刘元还不想放走陈静，提议到啤酒坊坐坐，陈静也不反对，而且很喜欢啤酒坊那种气氛，坐到醉眼蒙眬了才出来。在路灯下她像一个梦幻，不断引发我的渴望。陈静说："你们往哪边走？"我说："这边。"陈静说："那就再见了，我往那边。"刚好一辆三轮车过来，陈静跳上车说再见，刘元立即说"我们同路"，跟着跳上车，并且转过脸来朝我意味深长地笑笑。其实这家伙根本不与她同路，他确实比我机灵，我只有眼睁睁看着他们同车而去。

第二日一早上班，我先上制作室看片子。这时候，制作室总是空的，我一个人观看着陈静在水中的镜头，看到臀部和乳房的特写，心跳不觉快了许多，泳衣浸水后，似乎透明的，隐约可见红色背后的秘密。我倒来倒去色眯眯地看了好一会儿，想起刘元昨夜与她同车而去，觉得很不妥当，便给刘元连打两个传呼，想问问昨夜后来的情况。等了许久，刘元这家伙没回电，我也就算了，提着摄像机去文联，准备再拍几个俱乐部的镜头和陈静上班的镜头，好让大家知道石门潭里一再出现的那女子就是我们俱乐部的导游。我想，陈静的魅力更甚于石门潭，肯定会有很多男人冲她而来，即便不会游泳，花五十元钱专门来看她游泳的样子也是值得的。可是俱乐部门关着，陈静没有上班。我们说好她今天上班的，怎么不来上班？我到雁人办公室给她家里挂电话，没人接，我又给刘元连打传呼，这家伙还是不回电，我气得朝电话机骂，他妈的。

我只得坐文联里干等，无聊地与雁人吹嘘我们的导游如何如何漂亮、救生员如何如何水性好。雁人说："你雇救生员，怎么不来找我？我村里有个很好的。"

我说："谁？"

"名字叫项多，凡石门潭里淹死人，别人捞不上来，只有他才捞得上来。"

"晦气。"雁人今天大概在写死亡诗，死气很重，形容项多水性好也与死人相连。

"真的，石门潭的水可能特别轻，人淹死了都不浮的。"

"我们找的就是他呀。"

"就是他？那就对了，免得人淹死了捞不上来。"雁人打趣说。

可我一点儿也不觉得有趣。"你们诗人喜欢谈死亡，可我们做生意得图个吉利，你别说这些晦气话好不好？"

"你害怕了？那我就说点儿好听的吧。"

"这就对了。"

雁人默想一会儿，说："石门潭的水确实挺怪的，就像女人，碰不得的，以前我每次下水游泳，最兴奋的就是那个部位。"

"哪个部位？"

"这还用说吗？"雁人哈哈道。

"对。我也觉得石门潭像个女人。"

"有意思的是，据说石门潭里淹死的都是男人，你可要当心啊。"

"那也可谓死得其所了。"

死亡与女人扯到一起也就不再可怕，反而觉着很美丽。后来雁人又扯到诗歌，他水乡诗里的死亡意象，他说，就来源于石门潭。

这时，刘元忽然踱了进来，耷拉着眼皮。他眼睛本来就眯，这样便成一条线了。我说："你怎么不回电？"

刘元懒散地说："睡觉，关机了。"

"陈静怎么没来上班？"

"她下午来。"

"不是说好早上上班。"

"她说下午来。"

"见鬼。"

"别生气嘛，中午我请客。"刘元笑容可掬地道，说着就请雁人下馆子。雁人说要回家烧饭给孩子吃，看看手表，便走了。

"那就先坐一会儿。"刘元靠在雁人的藤椅里，很惬意地合了眼睛，嘴角不断地浮出笑意来，似乎在回味着什么。

我说："你高兴什么？"

"好舒服啊。"

"什么好舒服？"

"我已经泡了她。"

"泡了谁？"

刘元挺了一下懒腰："当然是陈静了。"

我讥讽说："你没睡醒，还在做白日梦吧。"

"骗你干吗？"他张眼得意地看看我，又隐秘地道，"真想不到她床上功夫居然那么好，把我弄得好舒服啊。"

看他的表情像是装的，大概是哄我。一个大学生多少总有点矜持，不至于一来就与人家上床，还把他弄得很舒服。我想刘元是在表示他已经捷足先登，陈静是他的了，我便不得染指。我说："你别那么损，人家还在读大学。"

"你以为现在大学生还跟你那时一样，羞答答的，现在，大学生最开放了。"

"别扯淡好不好，你一定要表示已经玩过，我相信就是，就算陈静是你的了，我不争。"

"别误会，我玩过，你照样可以玩，这不过是个次序问题，实质一样的，反正她又不是处女。"

我不想这样糟蹋陈静，就叫他上馆子请客，这是他吹牛应付的代价。不过他的话还是影响了我，万一她真与刘元睡了，好像这是一个严重事件，我为此不快了一阵子。及到下午看到陈静，见她纯净如初，绝不是那种随便与人上床的女子，才慢慢安下心来。

下午，广告公司将"夏之梦——石门潭游泳俱乐部"的巨幅标牌送来，装在文联走廊的栏杆上，面临体育场，一时吸引了许多人围观。那标牌做得蛮精致，碧色的底子，字是奶黄色的，就像浮在碧水上，确实有点观赏价值。我背了摄像机挤在人群里仰拍，忽然一只手遮住我的镜头，强行说："慢点儿拍。"这人太没礼貌，我看也不看他，不客气地说："干什么？"那人用权威的口气说："俱乐部未经我们许可，不得宣传。"俱乐部确实未经任何部门批准，我们是故意的，他们若不找上门来，就混过去。这人想必是体委的吧，但我讨厌他这种口气，反问道："你是哪里的？"那人权威受到怀疑，大声说："反正我就是管这些事的。"我笑笑说："那可不一定，你

152

不说明身份，谁能证明你就是管这些事的。"那人就愤怒，用更权威的口气说："我告诉你，就是不得宣传。"他的声音惊动了刘元，他跑下来与那人握手，热情地道："是你啊，老方，俱乐部是我办的，请多关照。"那老方缓和了语气，说："是你办的？很好，我不是不让你办，但你得办理手续。"刘元说："这些事我不懂，很对不起。"那老方训导说："你办俱乐部，不办手续，万万不行的，万一出事，不但赔死，还得负法律责任，就像无证驾驶汽车肇事。"刘元谦恭地说："是，是，手续具体怎么办？"那老方说："打个报告，先送到大荆镇盖个印，再送大荆派出所盖印，然后送我这儿办理许可证。"刘元说："好，好，我马上去办。"那老方看看刘元，眼角爬着一丝狡黠的微笑，很权威地点点头，回对面体委里去了。

上楼，刘元责备说："你干吗要惹他？"

我说："我讨厌他那副嘴脸。"

"既然他来管，就让他管嘛，惹他生气，我们自己麻烦。"

"我宁可不办，也不想看那副嘴脸。"

"你啊，这样意气用事，什么事都办不成的。"刘元教训说。

我被那老方搞得很没情绪，但又不能不考虑他的意见，泄气地说："那明天还开不开业？"

刘元说："当然开业，其实没关系的，他那里，我来对付。"

这事情，我把自己弄得有点尴尬，就不再说它。我得找点儿让自己高兴的事予以补偿，去照相馆取了陈静在石门潭游泳的照片，二十四寸的，装了镜框，挂俱乐部里果然满室生辉，把游泳的主题渲染得光彩夺目。陈静仰脸注视着自己优美的形象，情不自禁地夸奖起我的摄影技艺。我顿觉有了一点资本，在她面前，也就不那么拘谨了。

开业没什么仪式，我们将俱乐部门打开，坐到里面，就算开业了。平时经常光顾文联的人发觉多了一个俱乐部，都蛮好奇，进来见这么一个漂亮的导游坐着，就更好奇了，都赖着不动。这班人原来我大多都熟，他们得知我也参与，纷纷取笑说："啊，你下海了，得改叫老板了。"然后又说，"这点子很好，今天先免费送我们去游一游吧。"我们原先把重点放在宣传上，本不想开业这天就有业务，既然他们要求，就免费送他们游一游吧，给俱乐部营造点儿气氛，花点儿代价是值得的。

下午两点钟，我们派车把他们送到石门潭，我和刘元顺便拿了报告上镇里盖印。报告是我写的，为了开发石门潭旅游资源、发展山区经济云云。镇里的头儿我有点熟，他看了报告连说，好，好。很愉快地做了批示，还赞扬我们为大荆镇做了一件好事。我们这么顺利就盖了印，不觉情绪高昂，立即又赶到派出所盖印。派出所的人我们都不熟，碰到的头儿爱理不理的，看了报告一言不发送还我们。刘元说："镇里已经批示了，很支持的。"那头儿说："手续不全，不能办理。"刘元说："怎么不全？"那头儿说："要先上体委办理许可证，才可以送我们这儿盖印，镇里他们也不懂，随便盖印。"刘元说："是体委老方叫我们上你这儿盖印的。"那头儿一转身，就不再搭理我们。我们吃了闭门羹，悻悻地出来。刘元说："他妈的，我们被老方耍了。"我也说："他妈的。"刘元皱了皱眉头，又说："是不是因为你得罪了他?"我说："不会的，他不知道俱乐部我也有份。"刘元说："真是他妈的，这家伙平时跟我称兄道弟的，这么点儿小事，居然也来耍我。"

　　回到石门潭，看见水，刘元便忘了刚才的不快，随即跳入水中，去追陈静。在水中，我没什么可表现的，干脆离它远些，坐项友的茶楼里喝茶。因为茶楼今天刚开业，镇里不少闲人都来凑热闹，茶楼里坐满了人，潭里也浮满了人，看着那一潭游来游去的男女，我渐渐地躁动不安起来，好像不下水说不过去的。不多时，我也套个游泳圈下水了。可是那种躁动不安的心情并没有得到缓解，环顾左右，水里充满了诱惑，反倒愈发躁动了。这也是没办法的事，谁会面对那么多半裸的异性而无动于衷呢?我就坐游泳圈上，专门观赏异性，可能过于专注，当救生员项多游到我面前，我也没发觉。项多推推游泳圈，我一惊，说："啊，是你。"项多说："我不知道哪些是你们的人，我看不住。"我说："没关系的，凡是听到呼救声，不管是谁，你去救就行了。"项多说："对是对，不过，我拿你们工资，得先为你们办事，你们的人做个记号吧。"我说："好的，下次我给他们每人发一顶游泳帽。"这时，我看见陈静在很远的水面上朝我笑，似乎是一种召唤，我向她招招手，那笑容更灿烂了。我一激动，对项多说："你去把陈静叫过来。"

155

项多像完成使命似的，立即去叫。陈静游过来说：

"你好啊。"

我说："你别只顾自己游泳，你还有一个重要任务。"

"什么任务？"

"教我游泳。"

"好的。"

陈静示意我卸下游泳圈，随后做了几个示范动作，伸手托着我的下巴，说："游吧。"我目光注视着她，四肢按她的示范动作划起来，精神集中在下巴上，那感觉妙极了。突然，陈静抽手将我摁到水下，我眼前一暗，双手本能地乱摸起来，我摸到了她的大腿，那是两条多么光滑的大腿啊！我不忍放弃，就憋着气继续做挣扎状，忍到实在憋不住了，才钻出水面昏天黑地地连打三个喷嚏。陈静在一旁咯咯地笑个不停，说学游泳，憋气最要紧。

我会心地朝她笑笑，突然觉得我会游泳了。

此后许久，自我感觉良好，回来的路上，心智异常活跃，我被陈静的美丽震慑得才情终于涌现了，就像孔雀终于忘乎所以地开屏了。晚上当然要祝贺的，祝贺的内容照例是吃喝。席间我不时用眉目传情，可是陈静没有反应，相比之下，她与刘元倒更亲热些。我摸了大腿而引发的亢奋，不得不暂告一个段落。

夜里电视新闻播了，次日报纸新闻也发了，再加大街上的广告牌、横幅，应该说俱乐部的宣传是成功的，许多年轻人显然已为陈静和石门潭所吸引，第二天刚开门，前来询问的人就络绎不绝，他们问七问八，想方设法多待一会儿。令人不快的是体委那老方也来了，阴阳怪气地问我们印盖了没有。刘元说盖了。老方看了报告说："派出所没盖。"刘元说："派出所要你们先办许可证。"老方说："赶快办，非法经营要取缔的，要不是看你面子，我马上叫人来关门。"刘元说："是，是，哥们儿，我马上跟你去办，好不好？"老方又狡黠地笑笑，不置可否地走了。

看他样子是要揩我们，这有点讨厌，我们到隔壁雁人办公室商量对策。雁人问了几句，说："老方这人我了解，很好对付的，你只要给他撮一顿，什么事都解决了。"

我说："他这么煞有介事，就是想吃一顿？"

雁人说："他就这个德行。"

刘元说："那就请他撮一顿，小意思。"

我说："谁去请？"

刘元说："雁人，你帮我们请一请。"

雁人说："你自己去，他保证不会拒绝的。"

刘元说："那你中午陪一陪，好吧。"

雁人不愿作陪，但经不起我们死搅蛮缠，只得勉强同意。刘元过去请他，老方果然没有拒绝，中午还带了三个朋友同去。我因为惹过他，就避开。刘元回来酒气熏天地说：

"老方这人其实蛮可爱的。"

陈静做着手势说："他划拳的手真有意思。"

雁人舌头让酒麻醉了，结巴说："你们今天中午开销了一千元。他身价提高了，跟我预想的不一样，不是撮一顿，而是要撮两顿。"

刘元说："下午他要去石门潭考察我们的游泳设施，晚上还得撮一顿。他对我们的导游小姐很有兴趣，不断灌她酒喝，你看，你看，月亮的脸……"

陈静见刘元又说又唱，笑道："你别恶心人。"

下午我们叫了一辆二十座的空调车。出乎意料的是愿意掏钱一游的人不足十个，早上兴致勃勃前来问询的人大多不见踪影了。略算一下，收入还不足付车钱。可生意开始了，亏本也得做。剩下的空位子，我叫了些熟人将它填满，以显示我们生意兴隆。

我还是回避老方，没去。刘元和陈静都喝了酒，我不太放心，送他们上车时，刘元看看那些免费的客人，忽然跳下车子，贴我耳朵上说："别泄气，生意刚开始，过几天，我保证坐都坐不下。"

我说："好，好，原来你没醉。"

生意并不像刘元预测的那样，过几天坐都坐不下。过了许多天，客人一直在十人上下徘徊。我们把乐清人想象得过于浪漫，以为有了陈静和石门潭，他们便会争着前来掏钱。再说陈静办事完全随心所欲，对顺眼的热情些，看不顺眼的理都懒得理，她大概可当个好情人，但不是好导游。这样，我们每天都亏一些，若不想办法，只有关门大吉。

"得想点儿办法了。"刘元找我说。

我苦思了好几日，也没想出什么办法。"妈妈的，乐清人真恶俗，这么好的石门潭，这么漂亮的导游，他们居然连五十元钱也舍不得花。"

　　"我看生意不景气的主要原因是城里有地方游泳。"

　　"嗯。"

　　"得想办法把城里的游泳池搞垮。"

　　"这不是我们能办到的。"

　　"其实，这很容易。"刘元冷笑了一下。

　　看他冷笑，我愣了愣，等他往下说。但他并不往下说。那冷笑挂在脸上，让人很不舒服，我说："怎么容易？你说吧。"

　　刘元顿了顿："我们拍一条新闻，就说游泳池传染淋病。"

　　"有这种事？"

　　"可能有吧，不要紧的，反正这样说，观众肯定相信。"

　　"这也太缺德了吧。"

　　"古人云：无毒不丈夫。为了我们的俱乐部，就缺德一回吧。"

　　这种坑人的勾当，我还从未干过，我摇头表示不可。刘元沉默一会儿，说："你不愿干，就我一人来干吧。"

　　隔日，电视里真的播出了关于游泳池传染淋病的新闻。刘元是这样写的：

　　　　夏天游泳本来是一大乐事，可是我市一些游泳池
　　的卫生状况，却令人担忧。

据了解，我市不少游泳池一个星期才换一次水，水质腐败，虽然天天消毒，但实际效果并不佳，成了传染疾病的好场所，一些游泳者从游泳池回来，普遍反映浑身发痒。有两位年纪仅十二岁的儿童，甚至在游泳池里染上了淋病，给他们和家人带来了极大的痛苦。这两位儿童的家长提起游泳池，至今仍然谈虎色变。

（采访）卫生局副局长××：我市一些游泳池确实不太干净，为了大家的健康，近日，我们将组织一次行动，对全市游泳池的卫生状况进行全面的检查。

我不知道卫生局副局长怎么就接受采访，并且表态。这条莫须有的新闻，其效果是爆炸性的，第二天许多人都在津津有味地谈论游泳池传染淋病的事，而且越说越玄。一夜之间，全市的游泳池几乎都濒临关闭。那些游泳池主也只得自认倒霉，刘元没有具体所指，你又没法找他算账。

对此，刘元并不感到有何不妥，反倒有些得意，觉得自己了得，可以影响全市。他甚至要拉我上馆子祝贺，我说："这种事，就不要祝贺了吧。"

刘元恼怒说："我卑鄙，就你正人君子，好了吧。"

想想他也是为了我们的共同利益，我不干也罢，实在没有理由责备他。然而，搞垮游泳池，并没有给我们带来好处，游泳不像吃饭，不是非游不可的。俱乐部照样还是半死不活，每

160

天都亏一点。被老方吃掉的两千元、办公室和游泳设施的投入、陈静和救生员的工资，以及亏空，加起来已经逾万。我们并不阔，对我们来说，这不是个小数目。刘元有些沉不住气了，催促说："想想办法，再想想办法吧。"

我故作潇洒道："亏就亏吧，权当泡妞用掉的。"

刘元眉开眼笑说："对，对，这样想，一点儿也不亏。"

我们期待老天保佑，天气不断加热，热得大家受不了，看他们游不游？临近八月，生意真的有所好转，每天已略有盈余，所赚每人可买一盒烟，不管怎么说，比亏空总好。

这段时间，电视台忙，我很少跟车去石门潭，对陈静也不像先前那么蠢蠢欲动了。我知道自己缺点儿什么，在女人面前，总是缩手缩脚，幻想多于行动，除非她们主动送上门来，一般不会有戏。说真的，对俱乐部我已有点疲。一日，我正在制作室里编片，刘元兴冲冲进来说："我们犯了一个错误，一个严重错误。"

"什么错误？"我不知道他指什么。

"陪泳，我们应该搞陪泳。"

"陪泳？"我吃惊说。

"你吃惊什么。"刘元坐下说，"我们生意不景气的关键在于没搞陪泳。你想想你在水里是不是比在空气里更需要一个小妞陪着？"

"是倒是，你想得很周到嘛。"

"要是早些想到，我们准发了。听陈静说不少人来俱乐部都问有没有陪泳，听说没有他们就不来了，可惜陈静没有把信息及时反馈给我们。"

"可是，这玩意儿能搞吗？"

"有什么不能搞？"

"公安局肯定要来找麻烦。"

"这个我包了，公安局治安科长是我哥们儿。"

就算没麻烦，我也觉得太出格。刘元见我犹疑，又动员说："没什么的，我们只要他们在石门潭不乱来就行，其实，光天化日之下谁又敢乱来。"

我想想也是，所谓陪泳，无非字面带点儿色情意味而已，实际不过是男女同泳，哪个游泳场所又不是男女同泳？就搞吧。

但陪泳毕竟有色情之嫌，陪泳小姐不便公开招聘，夜里刘元拉我去旅馆、发廊和歌舞厅找老板，希望与他们联营。这种事对于我实在困难，我有意识地躲在刘元后面，让他抛头露面。平时我们与他们无业务往来，要取得他们信任颇不容易，开始碰了好些钉子，弄得我灰心丧气，打退堂鼓说：

"不要搞算了。"

刘元说："你知道他们为什么不理我们。"

"为什么？"

"你太不自然了。他们信不过你，你得坦然些，拿出风度。"

我想起他在老板们面前拐弯抹角说要找个小姐玩玩，确实

162

蛮有嫖客风度，就笑。

找陪泳小姐，最后落到刘元一人身上。他确实了得，当夜就打电话说："找到了。"

"找到了？"

"我们与南方娱乐城联合搞，利益均沾。老板一听陪泳，就说这点子有创意。石门潭游泳回来后，我们把客拉到娱乐城，一条龙服务。"刘元兴奋地说。

南方娱乐城实力雄厚，有它加盟，陪泳小姐自然不在话下。翌日，我们把陪泳消息悄悄透露给游泳者，他们随即又把消息传递给他们的朋友，当日生意便异常火爆，报名人数很快超过四十。弄得陈静很惊奇，说："今天怎么有那么多人。"刘元微笑说："以后还要多。"这是肯定的，别说男人，娱乐城里的小姐对陪泳似乎也比陪舞之类更有兴致，她们生怕自己落选去不成石门潭。我们终于体验到成功的喜悦。

由于人多，陈静一人忙不过来，我和刘元都跟车同去。在车里，看看这群嘻嘻哈哈的男女，我有些提心吊胆，生怕他们弄出些收不了场的事来。结果还好，在水里，起码露出水面的部分相当规矩，至于水下那部分就是他们之间的事了。让人担心的是他们不愿戴游泳帽，怕招人眼目，而且喜欢到人少的深水区去。这给项多的工作带来了难度，好在陪泳小姐都胆小，大多套着游泳圈，又有一个男人护着，还不至于就发生危险。但我心里总是惴惴的，总是陪着项多，警惕地监视着水面上的动静。有时，我难免为女色所迷惑，监视就变成了观赏。那些陪泳小姐在车里言谈举止挺俗的，可一进水里，就换了个人似的，眸子明亮了，笑容生动了，纯洁如处子，使人忘却陪泳这档子事。看来，女人和水确实存在某种隐秘的关系。

本来，我们得再招一个导游，但这工作也不无乐趣，就自己兼任了。糟糕的是，几天后我妻子发现了我在搞陪泳，严厉禁止我搞这等事。我妻子是个传统型女子，她以为陪泳纯属色情行业，绝对不能容忍我搞这等事。她说："你怎么这样没正经！"她说："我不要你赚这种钱，亏了就亏了。"她说："你一定要搞，我们就离婚。"我当然不会因为这种事与妻子离婚，只有不搞了。我找刘元说：

"看来我得退出俱乐部。"

"为什么？"

我把原因告诉他，刘元轻松地说："这又何须退，你不要跟车去就行了。"

"可是老婆一定要我退。"

"怕老婆的人啊，你不会告诉她你已经退了。"

"我还是退出来吧。你一个人干，我坐享其成，怎么可以？"

"你怎么说这种话，'苟富贵，无相忘'嘛，这俱乐部是我们俩搞的，我怎么可以独吞？"

"你老婆反对吗？"

"我老婆？嗨嗨，我不像你。"

从此，俱乐部便由刘元一人操持，运作一切正常。大约过

164

了两个星期，刘元找我说："我有点急事出去几天，俱乐部你管一下。"

细看刘元脸色灰暗，表情沉重，很疲倦似的，我关切说："什么事，能说吗？"

刘元叹息说："嗐，回来慢慢跟你说。"

来到俱乐部，看见陈静，才发觉我已多日未见到她，我心里忽然"咔"的一下，有一种火焰似的东西重新燃起。陈静有点陌生说："你怎么不见了？"

我胡乱说："有事，出差去了。"

陈静抿着嘴笑，显然她不相信我的话。肯定是刘元这小子告诉她我怕老婆不敢来了。这小子真不够哥们儿。我当面撒谎被看破，就很不好意思，脸不觉燥热起来。幸好陈静并不计较，她一直有说有笑的，到石门潭，又托着我的下巴，教我游泳。我的目光一直停留在她的脸上，她被我这样凝视着，似乎有些快活，在很近的距离内，不时朝我笑。我得到鼓励，心里就盘算着下一步，回来的时候憋足勇气邀她跳舞，她欢快地说，好的。我就这样逐步接近她。我赞美跳舞，跳舞可以让我堂而皇之地搂着她的腰。之后就该单独谈谈了。我们自然而然地步入附近的公园，我大胆地继续搂着她的腰，然后，我吻了她。

那几天，我被快乐包围着，忘了还有个合伙人刘元，当他回来出现在我们中间，我觉得很别扭，他像一道篱笆，隔着我和陈静。我意识到原来是他一直在压着我，否则，陈静早已是

165

我的了。

我开始在心里排斥刘元。

刘元并不知道我心里的变化，闲聊时，他问："这几天都与陈静在一起？"

"也不都在一起。"

"进展如何？"

"略有进展吧。"

"上床了没有？"

"没有，哪能这么快，要充分重视过程嘛。"

刘元笑笑，说："要是上床，最好戴个套子。"

"这不用你关照。"

"我是过来人，警告你，其实，陈静不是什么好玩意儿。"

"你是酸了吧？"

"不是酸，是倒霉，我被她传染了淋病。"

"你放屁。"

"骗你干吗，这几天我出去就是治这个病。"

"你说真的？"我盯着刘元，许久。

"你这样干吗？不信就算了。"

我觉得有什么东西崩塌了。陈静还在念大学，大学生总让人联想到爱情，妓女才让人想到淋病，刘元将陈静与淋病扯在一起，沤心死了。

回到家里，我一连刷了五次牙，然后躺在床上，呆视着空

166

洞的天花板。我眼里难以遏制地涨出了泪水，继而又觉得那泪水很虚假，甚至可耻，泪水流经的地方，好像有虫子爬。

此后，我便避而不见陈静。八月底的一天，刘元打电话来说："陈静要回校念书了，晚上我们送送她。"我说："你一个人送就算了吧。"刘元说："一起送送吧，老地方，卡萨布兰卡。"不知怎么的，最终我也去送了。就像初次见面似的，我对她有陌生感，话也说得少。刘元不停地说着废话，我听得恍惚起来，不知自己坐在这儿干什么。刘元起身去厕所的时候，陈静单独面对我，突然发问："你为什么不见我了？"

我没想她会问这个，一时不知所措，慌乱地说："怎么说呢，我怎么跟你说呢。"

"为什么，到底为什么？"她的样子就像受了委屈的情人。

"怎么说呢，叫我怎么跟你说呢。"

"等会儿我们单独谈谈好吗？"

我想了想，说："等我想通了，再谈好吗？"

幸亏这场面等刘元回来便告结束。我被问得有些忧伤，我无法接受她身上的淋病，这让我想到妓女，如果一开始她就以妓女的身份出现在我面前，她绝对是无与伦比的好妓女，我想，我会用加倍的价钱买她的。

我把单独谈谈的机会留给了刘元。

陈静走后，我们就在陪泳小姐里找了一个导游。那几天，刘元念念不忘陈静，说她如何如何迷人，他得十次淋病也在所不惜。俱乐部停办后，要去大学找她。

刘元的欲望，因了陈静，一发而不可收拾，陈静缺阵，便不断寻找替代物，肆无忌惮地将陪泳小姐一个一个泡过去，末了，失望道："与陈静比，她们简直不是女人。"

我说："你是不是爱上她了。"

"可能吧，我就想跟她做爱，真是妙不可言。"刘元感慨说，"曾经沧海难为水啊。"

我说："早点儿关了俱乐部，好让你去找沧海。"

"过了中秋关门吧，这样圆满。"

就在这个夏天行将结束的时候，刘元出事了。刘元出事的前几天，心情异常烦躁，现在想起，就是预兆吧。但当时不可能这样想。他心情烦躁的原因很简单，就是与老婆吵架，他老婆发觉他在外面胡来，狠狠吵了一架，刘元索性连家也不回，说不愿看见老婆，老婆就像一座废墟。

刘元要我陪他，我不好意思推却。那天中午，他喝了很多啤酒，醉醺醺说："走，到南方娱乐城去。"我想他是醉了，就陪他到娱乐城找个地方休息。刘元躺沙发上，酒汗一颗一颗自额间渗出，一会儿，闭着眼睛说："泡一下，得泡一下。"我没反应，他又起身东歪西倒说："一起走，你也泡一下。"我说："你拉倒吧，你不行了。""你才不行呢。"刘元嬉笑着就去找妞，一个多小时后，回来舒舒气说："舒服，舒服多了。"这时，游泳者开始进来挑选游伴，刘元挥手说："你陪他们，我休息一下。"

挑选游伴的场面有点混乱，他们就像饥民争夺食物似的，手疾眼快地将陪泳小姐一个个带走。等他们上车，我进去推醒刘元，说："走不走？"

刘元呜噜道："走了？都走了。"

我见他酒劲未过，说："你别去算了。"

"去，怎么能不去？石门潭这么好的地方不去，还去哪里？"

在车上，刘元低垂着头，嘴里断断续续哼着流行歌曲，大约哼得不过瘾，后来昂了头，放声唱，什么"我的青春鸟飞去了……"我注意到他唱歌的表情是凄凉的，目光是迷茫的，声音因为喝多了酒，嘶哑低沉，听来格外忧伤。车里的人似乎受了感染，目光注视着他，齐叫再来一个，再来一个。刘元歌星似的舞着手说，谢谢，谢谢。就不停地唱，一直唱到石门潭。

天气虽然还闷热，但水已是秋天的水，颇有凉意了。我将脚伸进去，又缩回来，不敢下水。见刘元脱衣服，我说：

"你酒还未醒，别游了。"

"傻瓜，游泳是解酒的。"

我没再劝阻，独自坐茶楼里喝茶，因为中午未睡，很困，渐渐地靠在椅子里打起盹来。恍惚间，听到头顶上炸雷的声音，睁眼看，外面下雨了，雨点从灰暗的天空落下来，砸在水面上，一潭的人都兴奋地仰着脸，呼叫着，迎接着什么似的。忽然，潭的上空闪电挥舞，怒雷滚滚而下，潭里的男女受了惊吓，纷纷逃离。这时我听见刘元在潭里大声浪笑，循声望去，刘元在深水区里正搂着导游，摇头摆尾，样子十分可笑。我看

169

了有些气恼，高声喊他上来，但他没应。不一会儿，雨骤然紧密起来，潭面上起了一层水烟，刘元的身影模糊难辨了。

茶楼里挤满了人，乱哄哄的，我借了项友的雨伞，撑出去立岸上看雨。见项多从潭里上来，我说：

"项多，把刘元他们叫上来。"

项多说："都上来了，我是最后一个上来的。"

"刚才我看他还在水里，我没见他上来。"

项多肯定地说："我仔细看过，潭里是没人了。"

我想项多在潭里总比我看得清，他们大概是上来了。过了好一会儿，人都集中到茶楼里了，我进去清点人数，没有刘元和导游。问项多，项多四下看看，说："确实，他们哪儿去了?"挤到窗口看，潭面空空荡荡的，早已了无人迹，项多自言自语说："他们哪儿去了?"

我灵机一动，拉项多上男女更衣室分别察看，发觉他们衣物还在，项多顿时慌了，赶紧潜入水里寻找。

我涉水到沙渚上，立在那里硬着脖子巴望，许久，项多探出水面结结巴巴说："水浑了，看不清。"

"水浑了? 水怎么会浑?"我语无伦次地说，手一松，雨伞滑到了水里。

游客知道刘元和导游不见后，也先后奔下来，下到水里，但都没有结果。许多人不由疑惑起来，说："要是出事，总有呼救声的。"

"对，应该有呼救声的。"

"我们没听见呼救声呀。"

一个忽然开玩笑说："说不定他们躲哪里快活去了，让我们拼命找。"

这说法比出事的可能性还大，大家就笑。我想想刘元这混蛋，完全不是没有这种可能，突然，我感到愤怒无比，朝水面声嘶力竭地喊：

"刘元!"

"刘元!!"

"刘元!!!"

又过了许久，还是不见刘元和导游的踪影，我才不得不断定是出事了。雨停后，天兀的暗下来，潭面上阴风习习，大家身上都起了鸡皮疙瘩。一些人想走了，我朝他们点头说："你们都回去吧，谢谢你们。"

项多终于在潭底发现他们，但捞不起来，最终他用绳子扎紧，将他们拖了上来。看见尸体，我反倒觉得踏实。他们面对面抱成一团，项多解开绳子，艰难地将他们分开。项多干完这些事，痛惜说不行了，就瘫倒在地。我想他是累的。我看看导游，又看看刘元。我惊异地发现刘元其他部分死了，而胯间那玩意儿还活着，朝天举着，做怒然勃然状。我木鸡似的愣在那里，注视了良久。

蓦然，我发觉天上有一轮半圆不圆的月亮，水洗过的，格外的白，潭里也有一轮月亮，白而且晕眩，仿佛记忆中陈静的屁股。我坐下来，守着他们的尸体，感到前所未有的宁静。

图书在版编目（CIP）数据

裸夏／吴玄著. — 北京：中国文史出版社，
2020.2
（中国专业作家小说典藏文库·吴玄卷）
ISBN 978 - 7 - 5205 - 1465 - 1

Ⅰ.①裸… Ⅱ.①吴… Ⅲ.①中篇小说 - 小说集 - 中
国 - 当代 Ⅳ.①I247.5

中国版本图书馆 CIP 数据核字（2019）第 248080 号

责任编辑：马合省　薛未未

出版发行　**中国文史出版社**
社　　　址：北京市海淀区西八里庄 69 号院　邮编：100142
电　　　话：010 - 81136606　81136602　81136603（发行部）
传　　　真：010 - 81136655
印　　　装：廊坊市海涛印刷有限公司
经　　　销：全国新华书店
开　　　本：720 × 1020　1/16
印　　　张：11.25　　字数：116 千字
版　　　次：2020 年 2 月第 1 版
印　　　次：2020 年 2 月第 1 次印刷
定　　　价：52.00 元